魔法科高中的劣等生 22

The irregular at magic high school

動亂的序章篇〈下〉

佐島 勤
Tsutomu Sato
illustration／石田可奈
Kana Ishida
illustrator assistant／ジミー・ストーン、末永康子

「哥哥……」
司波深雪
達也的妹妹。就讀第一高中三年A班。擔任學生會會長的優等生。擅長冷卻魔法。是溺愛哥哥的「重度戀兄情結」。
「達也大人，即使賠上性命，屬下也會保護深雪大人。」
櫻井水波
去年就讀魔法科高中的二年級學生。立場是達也與深雪的表妹。深雪的守護者候選人。

魔法科高中的劣等生 22

The irregular at magic high school

動亂的序章篇〈下〉

背負某項缺陷的劣等生哥哥。
一切完美無瑕的優等生妹妹。
這對兄妹就讀魔法科高中之後，

風波不斷的每一天就此揭開序幕——

佐島 勤
Tsutomu Sato
illustration
石田可奈
Kana Ishida

Kadokawa Fantastic Novels

Character
登場角色介紹

司波達也

就讀於三年E班。達觀一切。
妹妹深雪的「守護者」。

司波深雪

就讀於三年A班，達也的妹妹。
前年以首席成績入學的優等生。
擅長冷卻魔法。溺愛哥哥。

西城雷歐赫特

就讀於三年F班，達也的朋友。
二科生。擅長硬化魔法。
個性開朗。

千葉艾莉卡

就讀於三年F班，達也的朋友。
二科生。
可愛的闖禍大王。

柴田美月

就讀於三年E班，達也的朋友。
罹患靈子放射光過敏症。
有點少根筋的認真少女。

吉田幹比古

就讀於三年B班，出自古式魔法名門。
從小就認識艾莉卡。

光井穗香

就讀於三年A班，深雪的同班同學。
擅長光波振動系魔法。
一旦擅自認定後就頗為一意孤行。

北山 雫

就讀於三年A班，深雪的同班同學。
擅長振動與加速系魔法。
情緒起伏鮮少展露於言表。

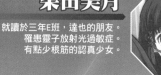

里美 昴

就讀於三年D班。
宛如美少年的少女。
個性開朗隨和。

英美・艾米莉雅・格爾迪・明智

就讀於三年B班，隔代混血兒。
平常被稱為「艾咪」。
名門格爾迪家的子女。

櫻小路紅葉

三年B班，昴與艾咪的朋友。
便服是哥德蘿莉風格。
喜歡主題樂園。

森崎 駿

三年A班，深雪的
同班同學。擅長高速操作CAD。
身為一科生的自尊強烈。

十三束 鋼

就讀於三年E班。別名「Range Zero」（射程距離零）。
「魔法格鬥武術」的高手。

七草真由美

畢業生。現在是魔法大學學生。
擁有令異性著迷的
小惡魔個性，
不擅長應付他人攻勢。

中条 梓

畢業生。曾任學生會會長。
生性膽小，
個性畏首畏尾。

市原鈴音

畢業生。現在是魔法大學學生。
冷靜沉著的智慧型人物。

服部刑部少丞範藏

畢業生。社團聯盟總長。
雖然優秀，卻有著
過於正經的一面。

渡邊摩利

畢業生。真由美的好友。
各方面傾向好戰。

十文字克人

畢業生。
現在升學至魔法大學。
達也形容為「如同巨巖的人物」。

辰巳鋼太郎

畢業生。曾任風紀委員。
個性豪爽。

關本 勳

畢業生。曾任風紀委員。
論文競賽校內審查第二名。
犯下間諜行為。

澤木 碧

畢業生。曾任風紀委員。
對女性化的名字
耿耿於懷。

桐原武明

畢業生。關東劍術大賽
國中組冠軍。

五十里 啟

畢業生。曾任學生會會計。
魔法理論成績優秀。
千代田花音的未婚夫。

壬生紗耶香

畢業生。劍道大賽
國中女子組全國亞軍。

千代田花音

畢業生。
曾任風紀委員長。
和學姊摩利一樣好戰。

七草香澄

二年級。七草真由美的妹妹。
泉美的雙胞胎姊姊。
個性活潑開朗。

七寶琢磨

二年級。有力的魔法師家系
並且新加入十師族的
「七寶家」的長子。

七草泉美

二年級。七草真由美的妹妹。
香澄的雙胞胎妹妹。
個性成熟穩重。

櫻井水波

二年級。
立場是達也與深雪的表妹。
深雪的守護者候選人。

隅守賢人

二年級。白種人少年。
父母從USNA歸化日本。

安宿怜美

第一高中保健醫生。
穩重溫柔的笑容
大受男學生歡迎。

平河小春

畢業生。以工程師身分
參加九校戰。
主動放棄參加論文競賽。

廿樂計夫

第一高中教師。
擅長魔法幾何學。
論文競賽的負責人。

平河千秋

三年級。
敵視達也。

珍妮佛・史密斯

歸化日本的白種人。達也的班級
與魔法工學課程的指導教師。

三矢詩奈

第一高中的「新生」。
由於聽覺過於敏銳，
所以總是戴著耳罩。

千倉朝子

畢業生。九校戰新項目
「堅盾對壘」的女子單人賽選手。

矢車侍郎

詩奈的青梅竹馬。
自稱是「護衛」。

五十嵐亞實

畢業生。曾任兩項競賽社社長。

五十嵐鷹輔

三年級。亞實的弟弟。個性有些懦弱。

小野 遙

第一高中的
綜合輔導老師。
生性容易被欺負，
卻有不為人知的另一面。

三七上凱利

畢業生。九校戰「祕碑解碼」
正規賽的男生選手。

九重八雲

擅長古式魔法「忍術」。
達也的體術師父。

國東久美子

畢業生，在九校戰競賽項目
「操舵射擊」和艾咪搭檔的選手。
個性相當平易近人。

一条剛毅

將輝的父親。
十師族一条家現任當家。

一条將輝

第三高中的三年級學生。
「十師族」一条家的
下任當家。

一条美登里

將輝的母親。
個性溫和，
廚藝高明。

吉祥寺真紅郎

第三高中的三年級學生。
以「始源喬治」的
別名眾所皆知。

一条 茜

一条家長女。將輝的妹妹。
國中二年級學生。
心儀真紅郎。

一条瑠璃

一条家次女。將輝的妹妹。
我行我素，行事可靠。

北山 潮

雫的父親。企業界的大人物。
商業假名是北方潮。

北山紅音

雫的母親。曾以振動系魔法
聞名的A級魔法師。

北山 航

雫的弟弟。國中一年級。
非常仰慕姊姊。
目標是成為魔工技師。

鳴瀨晴海

雫的表哥。國立魔法大學附設
第四高中的學生。

琵庫希

魔法科高中擁有的
家事輔助機器人。
正式名稱是3H
（Humanoid Home Helper：
人型家事輔助機械）P94型。

牛山

FLT的CAD開發第三課主任。
受到達也的信任。

千葉壽和

千葉艾莉卡的大哥。已故。
警察省國家公務員。

恩斯特・羅瑟

首屈一指的CAD製作公司
羅瑟魔工所
日本分公司社長。

千葉修次

千葉艾莉卡的二哥。摩利的男友。
具備千刃流劍術免許皆傳資格。
別名「千葉的麒麟兒」。

九島 烈

被譽為世界最強
魔法師之一的人物。
眾人尊稱為「宗師」。

稻垣

已故。生前是
警察省的巡查部長，
千葉壽和的部下。

九島真言

日本魔法界長老——
九島烈的兒子，
九島家現任當家。

安娜・羅瑟・鹿取

艾莉卡的母親。日德混血兒，
是艾莉卡的父親——
千葉家當家的「小妾」。

九島光宣

真言的兒子。雖是國立魔法大
學附設第二高中的二年級學生，
但因為經常生病幾乎沒上學。
和藤林響子是異父同母的姊弟。

九鬼 鎮

服從九島家的師補十八家之一。
尊稱九島烈為「老師」。

小和村真紀

實力足以在著名電影獎
入圍最佳女主角的女星。
不只是美貌，演技也得到認同。

風間玄信

陸軍101旅
獨立魔裝大隊隊長。
階級為中校。

周公瑾

安排大亞聯盟的呂與陳
來到橫濱的俊美青年。
在中華街活動的神祕人物。

真田繁留

陸軍101旅
獨立魔裝大隊幹部。
階級為少校。

陳祥山

大亞聯軍
特殊作戰部隊隊長。
心狠手辣。

藤林響子

擔任風間副官的
女性軍官。階級為中尉。

呂剛虎

大亞聯軍特殊作戰部隊的
王牌魔法師。
別名「食人虎」。

佐伯廣海

國防陸軍101旅旅長。階級為少將。
獨立魔裝大隊隊長風間玄信的長官。
外貌使她別名「銀狐」。

鈴

森崎拯救的少女。
全名是「孫美鈴」。
香港國際犯罪組織
「無頭龍」的新領袖。

柳 連

陸軍101旅
獨立魔裝大隊幹部。
階級為少校。

山中幸典

陸軍101旅獨立魔裝大隊幹部。
少校軍醫，一級治癒魔法師。

酒井

國防陸軍總司令部軍官，階級為上校。
被視為反大亞聯盟的強硬派。

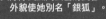

四葉真夜

達也與深雪的姨母。
深夜的雙胞胎妹妹。
四葉家現任當家。

司波深夜

達也與深雪的母親。已故。
唯一擅長精神構造干涉魔法的
魔法師。

葉山

服侍真夜的
高齡管家。

櫻井穗波

深夜的「守護者」。已故。
接受基因操作，
強化魔法天分而成的調整體魔法師
「櫻」系列第一代。

新發田勝成

曾是四葉家下任當家
候選人之一。防衛省職員。
第五高中校友。
擅長聚合系魔法。

司波小百合

達也與深雪的繼母。
厭惡兩人。

堤 琴鳴

新發田勝成的守護者。
調整體「樂師系列」第二代。
適合使用關於聲音的魔法。

津久葉夕歌

曾是四葉家下任當家候選人之一。
曾任第一高中學生會副會長。
擅長精神干涉系魔法。

堤 奏太

新發田勝成的守護者。
調整體「樂師系列」
第二代。琴鳴的弟弟，
和她一樣適合使用
關於聲音的魔法。

吉見

四葉的魔法師，黑羽家的親戚。
超能力者，可讀取人體所殘留的
想子情報體痕跡。
極度的祕密主義。

安潔莉娜・庫都・希爾茲

USNA魔法師部隊「STARS」的總隊長。階級是少校。暱稱是莉娜。
也是戰略級魔法師「十三使徒」之一。

瓦吉妮雅・巴藍斯

USNA統合參謀總部情報部內部監察局第一副局長。
階級是上校。來到日本支援莉娜。

希兒薇雅・瑪裘利・法斯特

USNA魔法師部隊「STARS」的行星級魔法師。階級是准尉。
暱稱是希兒薇，姓氏來自軍用代號「第一水星」。
在日本執行作戰時，擔任希利鄔斯少校的輔佐。

班哲明・卡諾普斯

USNA魔法師部隊「STARS」的第二把交椅。
階級是少校。希利鄔斯少校不在時的
代理總隊長。

米卡艾拉・弘格

USNA派到日本的間諜
（正職是國防總署的魔法研究人員）。
暱稱是米亞。

克蕾雅

獵人Q——沒能成為「STARS」的
魔法師部隊「STARDUST」的女兵。
Q意味著追蹤部隊的第17順位。

瑞琪兒

獵人R——沒能成為「STARS」的
魔法師部隊「STARDUST」的女兵。
R意味著追蹤部隊的第18順位。

神田

民權黨的年輕政治家。
對於國防軍採取批判態度的人權派。
也是反魔法主義者。

上野

以東京為地盤的
執政黨年輕政治家。
眾所皆知親近魔法師的議員。

亞弗列德・佛瑪浩特

USNA魔法師部隊「STARS」的一等星魔法師。
階級是中尉。暱稱是弗列迪。
逃離STARS。

查爾斯・沙立文

USNA魔法師部隊「STARS」的衛星級魔法師。
別名「第二魔星」。
逃離STARS。

雷蒙德・S・克拉克

雫留學的USNA柏克萊某高中同學。
是名動不動就主動
和雫示好的白人少年。
真實身分是「七賢人」之一。

黑羽 貢

司波深夜、
四葉真夜的表弟。
亞夜子、文彌的父親。

黑羽亞夜子

達也與深雪的遠房表妹。
和弟弟文彌是雙胞胎。
第四高中的學生。

黑羽文彌

曾是四葉下任當家候選人。
達也與深雪的遠房表弟。
和姊姊亞夜子是雙胞胎。
第四高中的學生。

詹姆士・傑克森

從澳大利亞來到
日本沖繩的觀光客。
不過他的真實身分是——

賈絲敏・傑克森

詹姆士的女兒。
雖然年僅十二歲，
卻是非常穩重，
應對進退相當成熟的少女。

威廉・馬克羅德

英國的戰略級魔法師。
在國外數間知名大學擁有教授資格的才子。

卡拉・施米特

德意志聯邦的戰略級魔法師。
在柏林大學設立研究所的教授。

伊果・安德烈維齊・貝佐布拉佐夫

新蘇維埃聯邦的戰略級魔法師。
科學協會魔法研究領域的
第一把交椅。

顧 傑

「七賢人」之一。
別名紀德・黑顧，
大漢軍方術士
部隊的倖存者。

喬・杜

協助黑顧逃走的神秘男性。
能力出色，即使是
要躲避十師族
魔法師們追捕的
困難工作也能俐落完成。

近江圓磨

熟悉「反魂術」的魔法研究家，
別名「傀儡師」的古式魔法師。
據說可以使用禁忌的魔法
將屍體化為傀儡。

布萊德利・張

逃離大亞聯盟的軍人。
階級是中尉。

丹尼爾・劉

和張一樣是大亞聯盟的逃兵。
也是沖繩祕密破壞行動的主謀。

檜垣喬瑟夫

昔日大亞聯盟親侵略沖繩時，
和達也並肩作戰的魔法師軍人。
別名「遺族血統」的
前沖繩駐留美軍遺孤的子孫。

七草弘一

真由美的父親。
七草家當家。
也是超一流的魔法師。

二木舞衣

十師族「二木家」當家。
住在兵庫縣蘆屋。
表面職業是
數間化學工業、
食品工業公司的大股東。
負責監護阪神
與中國地區。

名倉三郎

受雇於七草家的強力魔法師。
主要擔任真由美的貼身護衛。

三矢 元

十師族「三矢家」當家。住在神奈川縣厚木。
表面職業（不太確定是否能這麼形容）
是跨國的小型兵器掮客。
負責運用至今依然在運作的第三研。

五輪勇海

十師族「五輪家」當家。住在愛媛縣宇和島。
表面職業是海運公司的高層，
實質上的老闆。
負責監護四國地區。

六塚溫子

十師族「六塚家」當家。住在宮城縣仙台。
表面職業是地熱發電所挖掘公司的實質老闆。
負責監護東北地區。

八代雷藏

十師族「八代家」當家。住在福岡縣。
表面職業是大學講師以及數間通訊公司的大股東。
負責監護沖繩以外的
九州地區。

十文字和樹

十師族「十文字家」當家。住在東京都。
表面職業是做國防軍生意的
土木建設公司老闆。
和七草家一起負責監護
包含伊豆的關東地區。

東道青波

八雲稱他為「青波高僧閣下」。
如同僧侶般剃髮的老翁，
但真實身分不明。
依照八雲的說法是
四葉家的贊助者。

遠山（十山）司

輔佐十師族的
師補十八家「十山家」的魔法師。
存在目的不是保護國民，
而是保護國家機能。

部分插圖協助／魔法科高中製作委員會

Glossary
用語解說

一科生的徽章

司波達也的CAD

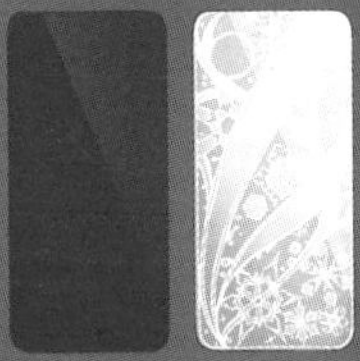

司波深雪的CAD

魔法科高中

國立魔法大學附設高中的通稱，全國總共設立九所學校。
其中的第一至第三高中，每學年招收兩百名學生，
並且分為一科生與二科生。

花冠、雜草

第一高中用來形容一科生與二科生階級差異的隱語。
一科生制服的左胸口繡著以八枚花瓣組成的徽章，
不過二科生制服沒有。

CAD

簡化魔法發動程序的裝置，
內部儲存使用魔法所需的程式。
分成特化型與泛用型，外型也是各有不同。

Four Leaves Technology〔FLT〕

國內一家CAD製造公司。
原本該公司製造的魔法工學零件比成品有名，
但在開發「銀式」之後，
搖身一變成為知名的CAD製造公司。

托拉斯・西爾弗

短短一年就讓特化型CAD的軟體技術進步十年，
而為人所稱頌的天才技師。

Eidos〔個別情報體〕

原為希臘哲學用語。在現代魔法學，個別情報體指的是
「伴隨事物現象而來的情報」，是「事象」曾經存在於
「世界」的記錄，也可以說是「事象」留在「世界」的足跡。
依照現代魔法學的定義，「魔法」就是修改個別情報體，
藉以改寫個別情報體所代表的「事象」的技術。

Idea〔情報體次元〕

原為希臘哲學用語。在現代魔法學，情報體次元指的是「用來記錄個別情報體的平台」。
魔法的原始形態，就是將魔法式輸入這個名為「情報體次元」的平台，
改寫平台裡「個別情報體」的技術。

啟動式

為魔法的設計圖，用來構築魔法的程式。
啟動式的資料檔案，是以壓縮形式儲存在CAD，魔法師輸入想子波展開程式之後，
啟動式會依照資料內容轉換為訊號，並且回傳給魔法師。

想子

位於靈異現象次元的非物質粒子，記錄認知與思考結果的情報元素。
成為現代魔法理論基礎的「個別情報體」，成為現代魔法骨幹的「啟動式」和
「魔法式」技術，都是由想子建構而成。

靈子

位於靈異現象次元的非物質粒子。雖然已經確認其存在，但是形態與功能尚未解析成功。
一般的魔法師，頂多只能「感覺到」活化狀態的靈子。

魔法師

「魔法技能師」的簡稱。能將魔法施展到實用等級的人，統稱為魔法技能師。

魔法式

用來暫時改變伴隨事物現象而來的情報之情報體。由魔法師持有的想子構築而成。

魔法演算領域

構築魔法式的精神領域，也就是魔法資質的主體。該處位於魔法師的潛意識領域，魔法師平常可以意識到魔法演算領域並且使用，卻無法意識到內部的處理過程。對魔法師本人來說，魔法演算領域也堪稱是個黑盒子。

魔法式的輸出程序

❶從CAD接收啟動式，這個步驟稱為「讀取啟動式」。
❷在啟動式加入變數，送入魔法演算領域。
❸依照啟動式與變數構築魔法式。
❹將構築完成的魔法式，傳送到潛意識領域最上層暨意識領域最底層的「基幹」，從意識與潛意識之間的「閘門」輸出到情報體次元。
❺輸出到情報體次元的魔法式，會干涉指定座標的個別情報體進行改寫。

「實用等級」魔法師的標準，是在施展單一系統暨單一工序的魔法時，於半秒內完成這些程序。

魔法的評價基準（魔法力）

構築想子情報體的速度是魔法的處理能力、
構築情報體的規模上限是魔法的容納能力、
魔法式改寫個別情報體的強度是魔法的干涉能力，
這三項能力總稱為魔法力。

始源碼假說

主張「加速、加重、移動、振動、聚合、發散、吸收、釋放」四大系統八大種類的魔法，各自擁有正向與負向共計十六種基礎魔法式，以這十六種魔法式搭配組合，就能構築所有系統魔法的理論。

系統魔法

歸類為四大系統八大種類的魔法。

系統外魔法

並非操作物質現象，而是操作精神現象的魔法統稱。
從使喚靈異存在的神靈魔法、精靈魔法，或是讀心、靈魂出竅、意識操控等，包括的種類琳琅滿目。

十師族

日本最強的魔法師集團。一条、一之倉、一色、二木、二階堂、二瓶、三矢、三日月、四葉、五輪、五頭、五味、六塚、六角、六鄉、六本木、七草、七寶、七夕、七瀨、八代、八朔、八幡、九島、九鬼、九頭見、十文字、十山共二十八個家系，每四年召開一次「十師族甄選會議」，選出的十個家系就稱為「十師族」。

含數家系

如同「十師族」的姓氏有一到十的數字，「百家」之中的主流家系姓氏也有十一以上的數字，例如「『千』代田」、「『五十』里」、「『千』葉」家。
數字大小不代表實力強弱，但姓氏有數字就代表血統純正，可以作為推測魔法師實力的依據之一。

失數家系

亦被簡稱「失數」，是「數字」遭受剝奪的魔法師族群。
昔日魔法師被視為兵器暨實驗樣本的時候，評定為「成功案例」得到數字姓氏的魔法師，要是沒有立下「成功案例」應有的成績，就得接受這樣的烙印。

各式各樣的魔法

●悲嘆冥河
凍結精神的系統外魔法。凍結的精神無法命令肉體死亡，
中了這個魔法的對象，肉體將會隨著精神的「靜止」而停止、僵硬。
依照觀測，精神與肉體的相互作用，也可能導致部分肉體結晶化。

●地鳴
以獨立情報體「精靈」為媒介振動地面的古式魔法。

●術式解散
把建構魔法的魔法式，分解為構造無意義的想子粒子群的魔法。
魔法式作用於伴隨事象而來的情報體，基於這種性質，魔法式的情報結構一定會曝光，無法防止外力進行干涉。

●術式解體
將想子粒子群壓縮成塊，不經由情報體次元直接射向目標物引爆，摧毀目標物的啟動式或魔法式這種紀錄魔法的想子情報體，屬於無系統魔法。
即使歸類為魔法，但只是一種想子砲彈，結構不包含改變事象的魔法式，因此不受情報強化或領域干涉的影響。此外，砲彈本身的壓力也足以反彈演算干擾的影響。由於完全沒有物理作用力，任何障礙物都無法防堵。

●地雷原
泥土、岩石、砂子、水泥，不拘任何材質，
總之只要是具備「地面」概念的固體，就能施以強力振動的魔法。

●地裂
由獨立情報體「精靈」為媒介，以線形壓潰地面，
使地面乍看之下彷彿裂開的魔法。

●乾冰雹暴
聚集空氣中的二氧化碳製作成乾冰粒，
將凍結過程剩餘的熱能轉換為動能，高速射出乾冰粒的魔法。

●迅襲雷蛇
在「乾冰雹暴」製造乾冰顆粒時，凝結乾冰氣化產生的水蒸氣，
溶入二氧化碳氣體使其形成高導電霧，再以振動系與釋放系魔法產生摩擦靜電。以溶入碳酸的水霧或水滴為導線，朝對方施展電擊的組合魔法。

●冰霧神域
振動減速系廣域魔法。冷卻大容積的空氣並操縱其移動，
造成廣範圍的凍結效果。
簡單來說，就像是製造超大冰箱一樣。
發動時產生的白霧，是在空中凍結的冰或乾冰。
但要是提升層級，有時也會混入凝結為液態氮的霧。

●爆裂
將目標物內部液體氣化的發散系魔法。
如果是生物就是體液氣化導致身體破裂，
如果是以內燃機為動力的機械就是燃料氣化爆炸。
燃料電池也不例外。即使沒有搭載可燃的燃料，無論是電池液、油壓液、冷卻液或潤滑液，世間沒有機械不搭載任何液體，因此只要「爆裂」發動，幾乎所有機械都會毀損而停止運作。

●亂髮
不是指定角度改變風向，而是為了造成「絆腳」的含糊結果操作氣流，以極接近地面的氣流促使草葉纏住對方雙腳的古式魔法。只能在草長得夠高的原野使用。

魔法劍

使用魔法的戰鬥方式，除了以魔法本身為武器作戰，還有以魔法強化、操作武器的技術。
以魔法配合槍、弓箭等射擊武器的術式為主流，不過在日本，劍技與魔法組合而成的「劍術」也很發達。
現代魔法與古式魔法兩種領域，都開發出堪稱「魔法劍」的專用魔法。

1.高頻刀

高速振動刀身，接觸物體時傳導超越分子結合力的振動，將固體局部液化之後斬斷的魔法。和防止刀身自我毀壞的術式配套使用。

2.壓斬

使劍尖朝揮砍方向的水平兩側產生排斥力，將劍刃接觸的物體像是左右推壓般割斷的魔法。排斥力場細得未滿一公釐，強度卻足以影響光波，因此從正面看劍尖是一條黑線。

3.童子斬

被視為源氏祕劍而相傳至今的古式魔法。遙控兩把刀再加上手上的刀，以三把刀包圍對手並同時砍下的魔法劍技。以同音的「童子斬」隱藏原本「同時斬」的意義。

4.斬鐵

千葉一門的祕劍。不是將刀視為鋼塊或鐵塊，而是定義為「刀」這種單一概念，依循魔法式所設定的刀路而動的移動系統魔法。被定義為單一概念的「刀」如同單分子結晶之刃，不會折斷、彎曲或缺角，將會沿著刀路劈開所有物體。

5.迅雷斬鐵

以專用武裝演算裝置「雷丸」施展的「斬鐵」進化型。將刀與劍士定義為單一集合概念，因此從接觸敵人到出招的一連串動作，都能毫無誤差地高速執行。

6.山怒濤

以全長一八〇公分的大型專用武器「大蛇丸」所施展的千葉一門的祕劍。將己身與刀的慣性減低到極限並高速接近對手，在交鋒瞬間將至今消除的慣性疊加，提升刀身慣性後砍向對方。這股偽造的慣性質量和助跑距離成正比，最高可達十噸。

7.薄翼蜻蜓

將奈米碳管編織為厚度十億分之五公尺的極致薄膜，再以硬化魔法固定為全平面而化為刀刃的魔法。薄翼蜻蜓製成的刀身比任何刀劍或剃刀都要銳利，但術式不支援揮刀動作，因此術士必須具備足夠的刀劍造詣與臂力。

魔法技能師開發研究所

西元二〇三〇年代，日本政府因應第三次世界大戰當前而緊張化的國際情勢，接連設立開發魔法師的研究所。研究目的不是開發魔法，始終是開發魔法師，為了製造出最適合使用所需魔法的魔法師，基因改造也在研究範圍。

魔法技能師開發研究所設立了第一至第十共十所，至今依然有五所運作中。

各研究所的細節如下所述：

魔法技能師開發第一研究所

二〇三一年設立於金澤市，現在已關閉。

開發主題是進行對人戰鬥時直接干涉生物體的魔法。氣化魔法「爆裂」是衍生形態之一。不過，操作人體動作的魔法可能會引發傀儡攻擊（操作他人進行的自殺式恐怖攻擊），因此禁止研發。

魔法技能師開發第二研究所

二〇三一年設立於淡路島，運作中。

和第一研的主題成對，開發的魔法是干涉無機物的魔法。尤其是關於氧化還原反應的吸收系魔法。

魔法技能師開發第三研究所

二〇三二年設立於厚木市，運作中。

目的是開發出能獨力應付各種狀況的魔法師，致力於多重演算的研究。尤其竭力實驗測試可以同時發動、連續發動的魔法數量極限，開發可以同時發動複數魔法的魔法師。

魔法技能師開發第四研究所

詳情不明，推測位於前東京都與前山梨縣的界線附近，設立時間則估計是二〇三三年。現在宣稱已經關閉，而實際狀況也不明。只有前第四研不是由政府，是對國家具備強大影響力的贊助者設立。傳聞現在該研究所從國家獨立出來，接受贊助者的支援繼續運作，也傳聞該贊助者實際上從二〇二〇年代之前就經營著該研究所。

據說其研究目標是試圖利用精神干涉魔法，強化「魔法」這種特異能力的源泉，也就是魔法師潛意識領域的魔法演算領域。

魔法技能師開發第五研究所

二〇三五年設立於四國的宇和島市，運作中。

研究的是干涉物質形狀的魔法。主流研究是技術難度較低的流體控制，但也成功研究出干涉固體形狀的魔法。其成果就是和USNA共同開發的「巴哈姆特」。加上流體干涉魔法「深淵」，該研究所開發出兩個戰略級魔法，是國際聞名的魔法研究機構。

魔法技能師開發第六研究所

二〇三五年設立於仙台市，運作中。

研究如何以魔法控制熱量。和第八研同樣偏向是基礎研究機構，相對的缺乏軍事色彩。不過除了第四研，據說在魔法技能師開發研究所之中，第六研進行基因改造實驗的次數最多（第四研實際狀況不明）。

魔法技能師開發第七研究所

二〇三六年設立於東京，現在已關閉。

主要開發反集團戰鬥用的魔法，群體控制魔法為其成果。第六研的軍事色彩不強，促使第七研成為兼任戰時首都防衛工作的魔法師開發研究設施。

魔法技能師開發第八研究所

二〇三七年設立於北九州市，運作中。

研究如何以魔法操作重力、電磁力與各種強弱不同的交互作用力。基礎研究機構的色彩比第六研更濃厚，但是和國防軍關係密切，這一點和第六研不同。部分原因在於第八研的研究內容很容易連結到核武開發，在國防軍的保證之下，才免於被質疑暗中開發核武。

魔法技能師開發第九研究所

二〇三七年設立於奈良市，現在已關閉。

研究如何將現代魔法與古式魔法融合，試圖藉由讓現代魔法吸收古式魔法的相關知識，解決現代魔法不擅長的各種課題（例如模糊不明確的術式操作）。

魔法技能師開發第十研究所

二〇三九年設立於東京，現在已關閉。

和第七研同樣兼具防衛首都的目的，研究如何在空間產生虛擬結構物的領域魔法，作為遭遇高火力攻擊的防禦手段。各式各樣的反物理護壁魔法為其成果。

此外，第十研試圖使用不同於第四研的手段激發魔法能力。具體來說，他們致力開發的魔法師並非強化魔法演算領域本身，而是能讓魔法演算領域暫時超頻，因應需求使用強力的魔法。但是成功與否並未公開。

除了上述十間研究所，開發元素家系的研究所從二〇一〇年代運作到二〇二〇年代，但現今全部關閉。此外，國防軍在二〇〇二年設立直屬於陸軍總司令部的祕密研究機構，至今依然獨自進行研究。九島烈加入第九研之前，都在這個研究機構接受強化處置。

戰略級魔法師——十三使徒

現代魔法是在高度科技之中培育而成，因此能開發強力軍事魔法的國家有限，導致只有少數國家能開發匹敵大規模破壞兵器的戰略級魔法。

不過，開發成功的魔法會提供給同盟國，高度適合使用戰略級魔法的同盟國魔法師，也可能被認證為戰略級魔法師。

在2095年4月，各國認定適合使用戰略級魔法，並且對外公開身分的魔法師共十三名。他們被稱為「十三使徒」，公認是世界軍事平衡的重要因素。

十三使徒的國籍、姓名與戰略級魔法名稱如下所述：

USNA

安吉．希利鄔斯：「重金屬爆散」
艾里歐特．米勒：「利維坦」
羅蘭．巴特：「利維坦」
※其中只有安吉．希利鄔斯任職於STARS。艾里歐特．米勒位於阿拉斯加基地，羅蘭．巴特位於國外的直布羅陀基地，兩人基本上不會出動。

新蘇維埃聯邦

伊果．安德烈維齊．貝佐布拉佐夫：
「水霧炸彈」
列昂尼德．肯德拉切科：
「大地紅軍」
※肯德拉切科年事已高，基本上不會離開黑海基地。

大亞細亞聯盟

劉雲德：「霹靂塔」
※劉雲德已於2095年10月31日的對日戰鬥中戰死。

印度、波斯聯邦

巴拉特．錢德勒．坎恩：
「神焰沉爆」

日本

五輪 澪：「深淵」

巴西

米吉爾．迪亞斯：「同步線性融合」
※魔法式為USNA提供。

英國

威廉．馬克羅德：「臭氧循環」

德國

卡拉．施米特：「臭氧循環」
※臭氧循環的原型，是分裂前的歐盟因應臭氧層破洞而共同研發的魔法。後來由英國完成，依照協定向前歐盟各國公開魔法式。

土耳其

阿里．夏亨：「巴哈姆特」
※魔法式為USNA與日本所共同開發完成，由日本主導提供。

泰國

梭姆．查伊．班納克：「神焰沉爆」
※魔法式為印度、波斯聯邦提供。

The International Situation

2096年現在的世界情勢

以全球寒冷化為直接契機的第三次世界大戰——二十年世界連續戰爭大幅改寫了世界地圖。世界現狀如下所述：

USA合併加拿大以及墨西哥到巴拿馬等各國，組成北美利堅大陸合眾國（USNA）。

俄羅斯再度吸收烏克蘭與白俄羅斯，組成新蘇維埃聯邦（新蘇聯）。

中國征服緬甸北部、越南北部、寮國北部以及朝鮮半島，組成大亞細亞聯盟（大亞聯盟）。

印度與伊朗併吞中亞各國（土庫曼、烏茲別克、塔吉克、阿富汗）以及南亞各國（巴基斯坦、尼泊爾、不丹、孟加拉、斯里蘭卡），組成印度、波斯聯邦。

亞洲阿拉伯其餘國家，分區締結軍事同盟，對抗新蘇聯、大亞聯盟以及印度、波斯聯邦三大國。

澳洲選擇實質鎖國。

歐洲整合失敗，以德國與法國為界分裂為東西兩側。東歐與西歐也沒能各自整合為單一國家，團結力甚至不如戰前。

非洲各國半數完全消滅，倖存的國家也只能勉強維持都市周邊的統治權。

南美除了巴西，都處於地方政府各自為政的小國分立狀態。

The irregular at magic high school

[1]

二〇九七年四月十四日，在日本魔法協會關東分部所舉辦，集結十師族與師補十八家新生代的這場會議，按照預定於中午之前結束。

毫無成果。

宣布散會之後，達也率先離開會議室。

「四葉閣下，請留步！」

一個聲音從後方叫住達也，他停下腳步轉身。

達也的姓氏不是「四葉」，但他沒以此當成理由無視於別人叫他，他不會這麼幼稚。

「七草先生，什麼事？」

就算這麼說，達也還是沒以十師族的作風稱呼對方「七草閣下」，而是正常以「七草先生」回應。

追過來的七草智一，以難掩慌張的聲音與表情，回答達也問的「什麼事」。

「接下來，這邊為出席的各位準備了一場小小的餐會，請四葉閣下務必賞光。」

達也當然知道這個行程。

「不好意思。如我剛才所說，我接下來有重要的事情非得去處理。」

所以他離開會議室的時候特地告知自己「有事」。

「不會花您太多的時間……」

「難得有這個榮幸接受邀請，但是很抱歉，我行程滿檔。」

達也能理解智一想留下他的心情。但他也有自己的事情要顧。達也絕對不是在整智一。

「七草先生，恕我告辭。」

「司波大人。」

達也向智一行禮之後，這次是年輕女性叫他。

「是的，什麼事？」

這名女性是魔法協會的職員。她認出智一之後略顯猶豫，卻立刻裝出公事公辦的態度。

「來接您的ＶＴＯＬ已經抵達樓頂。」

「樓頂？我知道了。」

達也沒聽說有人要來接他，但與其東想西想，直接去看比較快。

達也再度向智一點頭致意，接著跟在帶路的事務員身後。

停在樓頂的是在主翼安裝傾轉旋翼的小型ＶＴＯＬ。除了駕駛員外可載運六人的小型機。ＶＴＯＬ旁邊站著一名身穿雙排釦西裝的青年。他朝著達也恭敬鞠躬。

「達也大人，請上機。」

語氣也禮貌得無從挑剔。既然使用「達也大人」這個稱呼，他應該是四葉家的人。雖然肯定是初次見面，但達也大致猜得到青年的身分。

「初次見面。您似乎已經知道我是司波達也。」

「喔喔，屬下著實失禮了。屬下是花菱兵庫，今後請多多關照。」

面對以誇張動作謝罪的青年，達也在心中暗自確定。正如他的推測，這名青年是花菱管家的兒子。

花菱管家僅次於葉山管家，是四葉家侍從的第二把交椅，負責管理非法武裝行動的人員與裝備。聽說其長子偽裝身分，在英國的ＰＭＳＣ（民間軍事企業）進行武者修行，不過看來已經學成回國。

「今天由屬下擔負起為達也與深雪大人帶路的重責大任。請先上機。」

「知道了。請多指教。」

達也以四葉家配給的電子鑰匙打開ＶＴＯＬ的後門入內。這是確認身分的步驟。達也對於受邀的自己能開鎖不感突兀，花菱兵庫也一臉理所當然，小心翼翼關上達也開啟的門。

花菱兵庫駕駛的ＶＴＯＬ降落在調布一棟十層樓全新大樓樓頂的停機坪。這棟綜合大樓三樓以下是商用，四樓到十樓是住家，但是達也對這棟建築物沒印象。不用說，這裡不是目的地。

螺旋槳停止，風才剛停，樓頂小屋就出現三個人影。兩名少女與一名三十多歲的女性。達也以為行經這棟大樓是為了充電（他搭乘的ＶＴＯＬ是電動式），不過看來猜錯了。

達也從內側開門，協助個子較高的少女上機。

「謝謝您，達也大人。」

兩名少女是深雪與水波。儘管依照預定，應該在家裡等達也返家，大概也是本家派人接她們來到這裡吧。

「不用客氣。等很久嗎？」

「大約十五分鐘。等候室挺舒服的。」

看來那間樓頂小屋是停機坪使用者的休息處。

「這樣啊。」

「達也大人，讓您久等了。」

達也點頭時，水波如此回應。跟著深雪上機的她這麼說，是告知門已經鎖好，隨時可以出發。

「花菱先生，麻煩您了。」

「遵命。」

達也以眼神向水波示意，開口指示花菱。水波露出驚訝表情的原因，在於她也不認識兵庫。至於兵庫，他回到四葉家至今的這幾天，已經看慣類似水波這樣的反應。他沒特別對水波進行自我介紹，就駕駛ＶＴＯＬ起飛。

達也等人搭乘的小型ＶＴＯＬ並非直接降落在四葉家藏身的聚落，而是降落在小淵澤車站附近，開墾山腰設置的一座停機坪。

「請往這裡。」

兵庫帶領達也等三人進入管制大樓。達也以為要在大樓轉搭車子前往本家。這個預測沒錯，路線卻不符合他的預料。

不是經過管制大樓離開停機坪，而是搭乘職員用的電梯。

在疑惑視線的集中之下，兵庫以復古的點波式舌片鎖打開緊急用的控制盤。

電梯隨著他的動作關門。

兵庫將靜脈認證面板放平，放上右手。經過瞬間的延遲，達也等人搭乘的電梯廂開始下降。

「降得好深耶……」

深雪稍微不安地向達也說話。

「目的地樓層位於地底八十公尺。」

兵庫如此回答。幾乎在他這麼說的同時，電梯開始減速。

廂體停止，電梯門開啟。

來到梯廳一看，這裡是遼闊的乘車用門廊。人工照明的地下道向前延伸。

門廊停著一輛看起來就很高級的大型轎車。駕駛座沒有人影。

兵庫打開轎車後門，依序引領深雪與達也上車。他自己坐進駕駛座，確認水波坐在副駕駛座之後，開車起步。

「這條地下道直達本家村莊。抱歉窗外景色單調，不過很快就抵達。」

在發光面板的單調照明下，黑色大型轎車以公路不可能達到的速度疾馳。如兵庫所說，從停機坪到本家不用十分鐘。

◇◇◇

千葉家的本家道場位於東京與川崎的交界附近。門徒也有社會人士，應該說上班族比較多，所以道場在星期日比較熱鬧。

在正午左右的這個時間，平日連學生都沒有。就讀魔法科高中的艾莉卡在這個時段出現，堪稱是假日才有的光景。

繼承人長子壽和殞歿之後，道場洋溢陰沉的氣氛。形容成悲壯感也行吧。艾莉卡在場也改變不了這個感覺，但她來這裡練武，就會隱約醞釀出積極鞭策向前的氣息。艾莉卡確實具備這種打造氣氛的才華。

而且艾莉卡帶來的兩名少年，也協助塑造出魯莽蠻幹的氣息。

「喝啊！」

「唔！」

地板發出響亮的碰撞聲。在好奇視線的集中之下，長髮少年仰躺在地上呻吟。這名少年的前方，一名體格壯碩的高大少年大口喘氣。

「侍郎，要休息一下嗎？」

「我還能打！」

侍郎猛然起身。雖然差點腳軟踉蹌卻連忙使力，假裝自己完好無傷。

「西城學長，麻煩再來一場！」

侍郎低頭彎腰到變成直角，雷歐「好！」地回應。

「艾莉卡，侍郎他自己這麼說，不過可以繼續嗎？」

「可以啊。應該說繼續練到站不起來吧。」

雷歐露出苦笑看向侍郎。侍郎一臉正經地看向艾莉卡。

雷歐就這麼掛著苦笑，將視線移回艾莉卡。

「妳說練到站不起來的人，該不會包括我吧？」

「我可不准你淒慘到比學弟先倒下。」

「是是是。」

艾莉卡的語氣與表情不像是開玩笑，雷歐聳了聳肩。

然後他整個人重新面向侍郎，單手架起竹劍。

侍郎立刻以動作回應。

同樣單手架劍，武器卻成為對比。

雷歐的竹劍是比普通竹劍長的大太刀規格。

反觀侍郎的竹劍是短刀長度。

武器長度並非造成戰局優劣的絕對要素。不過武器種類會影響到戰法的拿手程度，這是確切的事實。按照一般的傾向，攻擊間距長的武器適合先發制人，短刀短劍的基本戰法是閃躲或架開對方的攻擊再鑽到對方跟前。

不過，這次經過短暫的對峙之後，主動出擊的是侍郎。

侍郎踏向雷歐跟前。

不用說，雷歐當然也不會讓對方得逞。侍郎進入長竹劍攻擊間距的瞬間，雷歐就迅速揮下右手的武器。

因為單手握劍使得攻擊間距更長的這一招，侍郎沒能完全躲開。不只是速度，力道比起普通人雙手握劍有過之而無不及的這一劍，侍郎另一隻手也扶在短刀刀身中段，硬是卸下攻擊力道。

單手對雙手。而且即使攻擊被架開，雷歐的姿勢依然完全不受影響。身體失衡的是禁不住劍壓的侍郎。

雖說是竹劍，也因為長度的關係所以很重，雷歐卻輕鬆高舉，毫不留情朝著沒能擺出架式的侍郎揮下。

幾乎在同一時間，侍郎腰間仿造刀鞘的小刀「自動」飛了出來。不是侍郎射的。插在他腰際的小刀飛到半空中，朝著雷歐的臉部襲擊。

雷歐停止竹劍的攻勢，以劍身的根部打掉小刀。

然而，比短刀還細小的利刃沒落地。

比起大太刀規格的竹劍只像是一根針的這把小刀，從雷歐的左右「兩側」繞過。

是的。在空中飛翔的小刀，不知何時增加為兩把。

雷歐臉上掠過一絲緊張。

他沒有迎擊小刀，而是刻意往前踏。

這個間距對於大太刀來說太近，即使正常揮動竹劍，也無法造成有效打擊。

但這不是劍道比賽。竹劍始終是竹劍，雷歐沒義務當成真劍來使用。

原本只以右手握住的竹劍，雷歐將左手放在竹劍中段。

將竹劍當成短槍般突刺。

侍郎主動翻身滾地，躲過這一招。

在天空飛舞的小刀如同斷線傀儡落地。

侍郎這一躲，逃離了對於大太刀來說太近的攻擊間距。

從太近的位置遠離。

也就是經過了最適當的攻擊間距。

雷歐的野性沒放過這一瞬間。

「喝啊！」

雷歐揮下竹劍。以最佳間距襲擊而來的長長劍身，侍郎無法閃躲，試著接招。

單腳跪地，握著短竹劍的兩端，舉到頭頂。

雷歐的鬥氣，令侍郎把竹劍誤認為真劍。

大太刀砍向短刀的正中央。

雷歐的大太刀，將侍郎的短刀連同身體擊垮。

侍郎後仰倒下。即使暫且以竹劍接招，但他的竹劍連同額頭一起挨了雷歐這一招，受到不小的打擊。

雷歐朝艾莉卡露出「糟糕」的表情。但艾莉卡的嚴厲視線是投向侍郎。

「麻煩治療。」

「是，艾莉卡大小姐。」

三十多歲的男性小跑步過來。他跪在倒地侍郎的頭部旁邊，操作ＣＡＤ。

男性雙手高舉在侍郎額頭。

治療魔法發動。

侍郎額頭上的紅腫瞬間消腫。治療魔法是「欺騙世界」的術式，讓世界以為接受魔法的人體處於沒受傷的狀態。造假的結果立刻顯現。但是不用經過太久，世界就會察覺受騙，所以必須在「謊言」失效之前，以新的「謊言」覆蓋。在傷勢真正痊癒之前裝作「已經痊癒」，這就是治療魔法的本質。

但是反過來說，在魔法發揮效果的瞬間，只要治療魔法的效力還在，接受魔法的人就能以萬全狀態戰鬥。

侍郎立刻清醒起身。

「停。」

他立刻想要繼續對打。不過艾莉卡的聲音抽走侍郎背脊的力道。

「矢車，今天到此為止。如果繼續打，我不能忽略後遺症的風險。」

「……知道了。」

侍郎天生的魔法力不足以擔任十師族的護衛，但他為了成為三矢家親信而接受的教育，使他具備充足的魔法相關知識。他也知道治療魔法有其極限。

「——謝謝指教。」

侍郎站起來，向雷歐行禮致意。

接著也向艾莉卡行禮，接著後退一步。

「慢著，你為什麼回去了。你太心急了。」

艾莉卡完全看透侍郎的意圖。她的斥責使得侍郎雙腳被釘住在道場的木地板。

艾莉卡輕戳侍郎的頭，指示他坐下。

侍郎退到牆邊跪坐，以免妨礙到其他門徒。艾莉卡在他面前正坐，雷歐在他旁邊盤腿坐下。

「最後的攻擊，如果你沒放掉念動力的控制，你就贏了。」

「那是兩敗俱傷的時機吧？」

艾莉卡劈頭做出結論，雷歐出言反駁。

「時機是這樣沒錯。」

艾莉卡沒有不分青紅皂白就否定。

「但矢車用短刀接住你那一招，反觀你完全沒防禦矢車的小刀吧？確實被打敗的會是你。」

雖然雷歐沒反駁，似乎尚未全盤接受。但艾莉卡不與理會，轉頭看向侍郎。

「看來你因為沒辦法控制比較重的物體，就認為自己的念動力沒什麼了不起。不過即使是一百公克的小刀，命中要害也可以輕易取人性命。能夠全方位架設魔法防壁的魔法師很少，能夠一直使用防禦魔法的魔法師更少。你的念動力不只是當成牽制手段有效，更是能給敵人最後一擊的『可用』武器。你必須先理解這一點才行。」

「我有理解。」

侍郎間不容髮回應艾莉卡。但他只是反射性地回嘴，並不是抱持自信如此回答。這連旁聽的雷歐都聽得出來。

不用說，當然不可能瞞過在正前方四目相對的艾莉卡。

「那麼不只是理解，還要相信。相信你自己的能力。」

這次侍郎沒能反駁艾莉卡這句話，咬緊牙關。

無須艾莉卡強調，侍郎一直相信自己的能力，相信自己。相信自己具備能成為詩奈護盾的能力，並且修練至今。

然而，擺在他面前的現實是「實力不足」。

一度遭到背叛，卻要再度相信。這不是一件容易的事。

◇◇◇

從橫濱的魔法協會關東分部出發約一小時。不到預定時間的一半，達也就抵達四葉本家。

「深雪大人、達也大人，夫人正等候著，請往這裡。」

達也抵達本家時，葉山親自前來迎接。葉山是四葉本家侍從的首席，也是當家真夜的心腹。他的應對顯示兩人「下任當家與未婚夫」的地位不是單純的頭銜。

葉山為兩人帶路，深雪的背後是水波，達也的背後是兵庫。水波就算了，但葉山完全沒對兵庫說話，達也感到意外。兵庫應該不只是擔任迎接的駕駛才對。

達也沒機會問這個問題，就這麼被帶到餐廳。是年底召集候選人，指名深雪為下任當家的那間餐廳。

新發田勝成、津久葉夕歌、黑羽亞夜子與文彌這對雙胞胎姊弟。除夕當天的原班人馬齊聚。

但是和上次不同，四葉家當家真夜已經就座。

「對不起，讓您久等了。」

「並不是遲到，所以不用謝罪。先就位吧。」

真夜以大方態度回應達也的謝罪。

「不敢當。恕在下失禮。」

達也低頭致意，深雪也配合一起行禮。

達也看向深雪的座位要幫她拉椅子，但水波已經在該處預備。深雪以眼神向達也示意，先行坐下。

兵庫為達也拉椅子。或許本家想將兵庫派給我當屬下。這樣的想法掠過達也腦海。

不過，現在不是分心在意兵庫的場合。達也將注意力集中在真夜那裡。

真夜看向移動到自己身後的葉山。

葉山回應真夜，搖響不知何時拿著的手搖鈴。

鈴聲餘音未盡，侍女就像是等待已久般推著餐車入內。

現在吃午餐已經太晚，不過大概是察覺達也他們什麼都沒吃就直接來本家吧。當成茶點也不奇怪的數種簡餐擺在達也與深雪面前。

水波也沒吃午餐。就這樣讓她站在深雪身後感覺很可憐，但是這時候要水波用餐是侮辱她的敬業精神。理解這一點的達也，在得到真夜許可之後食用簡餐與茶水。深雪也跟著哥哥用餐。

兩人當然都沒有「天真」到只專心用餐。真夜、夕歌或亞夜子對他們閒聊時，兩人也應對有方。在分量不多卻頗為耗時的餐點吃完時，真夜散發的氣息變了。

達也與深雪都重新坐正。

「那麼……可以從西果新島的事件說給我聽嗎？」

「是。」

達也回應真夜的要求開口。沖繩本島、久米島、人工島與外海發生的事件，達也依序簡潔說明。

「澳大利亞軍的特務員——詹姆士·J·強森上尉與賈絲敏·威廉斯上尉，已經移送到巳燒島的樣子。」

「關於這兩人，這邊也已經確認完畢。辛苦了。」

巳燒島位於三宅島東方五十公里的海面，是二〇〇一年巳年的海底火山活動新形成的小島。「巳燒島」這個名字，來自鄰近島嶼三宅島名稱由來之一的「御燒島」，再將「御」換成該島誕生年分的地支年「巳」而命名。由於是二十一世紀第一年形成的島嶼，所以也稱為「二十一世紀新島」。

二十年世界連續戰爭當時，該處也設置國防軍的基地。不過二〇五〇年代屢次火山爆發導致基地作廢，現在設置魔法師罪犯的監獄設施。

其實這座島經由東道青波成為四葉家的私有地。名義上是東京都內不動產公司所有，不過四葉家隔了數層關係掌控該公司的所有股分。

換句話說，巳燒島的監獄是國防軍私底下委託四葉家隔離危險魔法師的設施。移送到該處的囚犯資料，以真夜的立場可以自由閱覽。達也提到強森與賈絲敏，主要是自己想確認他們被移送到哪裡。

「巳燒島？那裡不是預定改建為實驗設施嗎？」

此時提問的是新發田勝成。確定本家的下任當家是深雪，自己將繼承分家之後，他就在任職於防衛省之餘，以輔佐當家的形式參與自家的工作。關於四葉家進行的計畫也略知一二。

「沒問題。因為預定很快就會『處分』掉。」

真夜的回答引得勝成微微蹙眉。在同桌列席的年輕人之中，他這個反應最強烈。任何人都理解真夜話中「處分」的對象。即使如此，不只是達也或夕歌，深雪與文彌都掛著「這樣啊」的表情簡單帶過。亞夜子甚至對這一部分毫無反應。

「當家大人。說到巳燒島，不就是深雪姊姊以前練習『冰霧神域』的地方嗎？既然要在那裡建造實驗設施，所以是大規模魔法用的戶外實驗場嗎？」

亞夜子在意的是新建造的實驗場。如她所說，巳燒島是深雪國中時代用來習得「冰霧神域」的練習場。

那座島從當時就是危險魔法師的監獄。不過只使用到島嶼西方一小塊區域。海底火山頻繁活動，由熔岩原形成的這座島嶼面積廣達八平方公里，幾乎和東京國立市的面積相等。足以成為練習廣域冷卻魔法的場所。

「雖然還沒最後定案……不過也對，告訴你們應該沒關係。」

真夜不是在賣關子，看起來真的在猶豫。

「這裡的設施也相當老舊了吧？」

包括達也在內的眾人，點頭回應真夜這句話。四葉家使用的設施，基本上都是從第四研接收的大戰時期產物。雖說適度進行補修或改建，基本設計卻難免過時。

「可是就算這麼說，要報廢現有的機械換成新的，在各方面也很不方便。」

這次只有達也與勝成點頭。大戰時期的設備，不少物品很難重新調度。要是全面翻新，數個領域的研究恐怕無法延續下去。

「所以我想乾脆在已燒島建造新的實驗設施。」

「託管的監獄要廢除，請問這件事已經得到國防軍的許可嗎？」

發問的是夕歌。她和勝成不同，不知道這項計畫。

「表面上會繼續維持一段時間。畢竟新建造的設施，名義上也是國防軍的研究所。」

「以國防軍研究所名義建造的設施歸四葉家所有，不會造成問題嗎？」

「這方面已經談好了。」

真夜看著夕歌的視線移向達也，似乎不想說明是如何談好的。

「不提這個，現在先聽達也繼續報告吧。記得叫作『閘門監控』？由達也研發，剝奪魔法師戰力的魔法。你以外的魔法師也能使用那個魔法嗎？」

「必須改良魔法式，不過依照原理，只要是適合使用精神干涉系魔法的魔法師都能使用。」

夕歌與文彌展露的關切態度更勝真夜。在現存的四葉一族之中，他們兩人特別適合使用精神干涉系魔法。雖然技術還不如上一個世代，但如果只論素質，這兩人在族內應該數一數二吧。

「已經編碼了？」

「屬下有帶來。」

這裡的「編碼」指的是以啟動式記述魔法。新魔法大多是魔法師憑感覺發明的。要從邏輯層面以啟動式的形式重新記述需要專業技術，以現狀來說，這一點成為共享魔法技能的瓶頸。

然而以達也的狀況，他甚至可以從啟動式研發新魔法，所以編碼不是難事。真夜也知道這一點，因此以「啟動式已經完成」這個前提要求達也提供。

「這樣啊。等等方便交給葉山先生嗎？」

「遵命。」

「夕歌，請從葉山那裡領取啟動式的複本。」

「知道了。」

「我想請津久葉家負責改良『閘門監控』。達也，可以吧？」

「好的，沒關係。」

達也打從一開始就不想私藏「閘門監控」。因為他知道，對於自己或深雪這種想子存量大幅超標的魔法師來說，這麼做可能會產生害處。雖然不想毫無條件地公開，但達也打算分享到四葉家內部。

不過，達也沒有使用精神干涉系魔法的天分。他是以不同的技能使用「閘門監控」。達也不適合將「閘門監控」改良為泛用的精神干涉系魔法。基於這一點，由精神干涉系魔法師較多的津久葉家負責改良為泛用術式是合理的做法。如此心想的達也點頭同意。

文彌露出有點遺憾的表情，但是達也以外的人也都沒提出異議。

大概是認為沖繩事件就此告一段落吧。

「那麼……」

真夜緩緩喝了一口紅茶，改變話題：

「那麼，可以說明今天會議的經過嗎？」

「好的。」

為了讓輿論了解到魔法師對社會的貢獻，會中想將深雪當成宣傳工具。達也提到這一點的時候，感覺得到文彌與亞夜子釋放出憤慨的氣息。

「以為跟我們混熟了是嗎？差不多該對世間展現我們真正實力的一部分比較好吧？」

挖苦這麼說的是夕歌。此外，她說的「世間」是所謂的「魔法界」，也就是魔法師社群的「世間」。

「不需要故意激發他人戒心。但也更沒必要迎合他們就是了。」

勝成冷漠回應夕歌這番話。雖然方向不同，但他的心情也同樣受影響。

「達也，我們四葉家支持你在會議上的判斷。任何想要利用深雪的企圖，你今後也可以完全無視。」

真夜的語氣當中沒有不耐煩或憤怒。但她這番話也沒有誤解的餘地。

「您的意思是說，和另外二十七家對立也無妨？」

即使達也再次確認。

「是的。」

真夜也毫不猶豫立刻回答。或許真夜事前就知道七草智一，甚至七草家在打什麼算盤。

「只要無視就好嗎？」

文彌提出這個激進的問題。不以「實力」反擊沒關係嗎？他問的是這個意思。

「要是遭受攻擊，就沒必要安分下去喔。」

真夜這句回答，意味著禁止這邊先出手。然而不只是真夜的無視方針，達也在今天會議展現的不合作態度，被解釋為挑釁也在所難免。事實上可以說真夜許可達也採取強制手段。

「只不過，千萬別大意。我想你應該知道，我們並非無敵。四葉的魔法師對上別家的魔法師絕非勝券在握。」

雖然沒溢於言表，但是不難想像所有人都在想「事到如今無須強調這種事」。只是也無法斷言眾人心中完全沒有「我們不可能會輸」的自大想法吧。

「尤其要注意十文字家與十山家，還有九島光宣。」

不知道是否反映出心聲，對於真夜這番話，只有達也與勝成沒回以疑惑表情。

「九島光宣……第二高中的二年級吧。他是這麼難對付的對手嗎？」

「去年秋天，解決周公瑾的時候有請他幫忙，他確實是必須提防的對象。」

達也回答夕歌的疑問。對此強烈感到意外的不是夕歌，是勝成。

他看過周公瑾事件的報告書，知道光宣協助的內容，評估光宣確實是具備強大戰鬥能力的魔法師。

以夕歌或文彌的能耐，對上光宣恐怕有危險吧。

然而以達也技壓勝成的實力，勝成不認為光宣是足以讓達也明言「必須提防」的對象。

不過，勝成沒有明顯表示疑問。因為質疑光宣的實力，等同於質疑真夜的話語。即使第一次能獲得原諒，第二次也會惹她不高興。勝成並非不懂這種事。

只是正因如此，這個疑問就這麼沒能解除，悶在他的心底。

「十文字家的實力已經在橫濱事變見識過了，但十山家也具備同等的實力嗎？」

深雪之所以改變話題，某方面來說可能是制止勝成不小心多嘴。

「第十研表面上的研究方針是『產生虛擬結構物的領域魔法』，但真正目的是打造出成為中央政府最終防壁的魔法師。身為該研究所『產品』的十文字家與十山家保有的戰鬥力，和其他二十五家截然不同。」

所謂的二十五家，並不是真夜犯下初級的計算錯誤。在二十八家之中，十文字家、十山家與四葉家出類拔萃，她這席話自然表現出這樣的認知。

「不是『首都』的最終防壁，是『中央政府』？」

形容第十研的研究成果時，經常使用「發生狀況時，十文字家的魔法師應該會成為首都的最終防壁」這段文字。意思是只要十文字家的魔法師待命行動，即使演變成首都直接遭受攻擊的事態也能完全防堵。深雪是基於這個共識提問。

十文字家的多重防壁魔法不是在面對步兵的時候，而是在面對機動兵器、航空戰力或飛行兵器時，才能發揮真正的價值。堅固的魔法護壁不只能抵禦大口徑機關砲或大型炸彈，性能甚至誇稱足以癱瘓極超音速質量彈或是（實際上禁止使用的）戰術核武。

不必以護罩圍繞整個首都圈。而是配合軌道或射線精準設置防壁。如果是炸彈就反過來以護罩包裹，將爆炸威力封鎖在內部。十文字家的魔法師正是具備此等精度、速度與威力。

他們的能力特性是「防禦針對整座都市的攻擊」，「首都的最終防壁」當之無愧。但是真夜說第十研的真正目的是「中央政府的最終防壁」。如果這不是單純的語病，那就意味著十山家獲得的魔法和十文字家不同。

「是的。深雪不知道嗎？十山家的魔法是用來保護人類的。」

「我也不知道。十山家的魔法是個人用的？」

夕歌問完，真夜悠然搖頭。

「不是個人用的，是對複數人選個別形成防壁。這就是十山家的魔法。」

「同時瞄準？還是多重演算？」

「我並未知道得那麼詳細。」

即使是文彌有點急性子的詢問，真夜也以笑容回答。

不過，繼續向真夜「耍任性」很危險。一旁聆聽的達也有這種感覺。

「知道了。我會特別注意十文字、十山以及九島光宣，妥善應對。」

他從順地低頭回應，藉以打斷對話。

勝成沒有回頭提及十山家的魔法，大概是和達也感受到相同的危機吧。

「不過，可以完全站在對立的立場嗎？拿深雪表妹當宣傳工具的企圖，我們不能認可，但是放棄和別家攜手面對反魔法主義運動，我也不認為是上策。」

相對的，他對這種非姑息的方針表示擔憂。

「只要另一邊沒有進一步的動作，我想應該不會發生對決場面……但同時也表示只要對方沒有主動低頭，就不可能有協調的空間吧？因為對方企圖利用本家的下任當家。這樣才算是做個了斷吧？」

夕歌這番話，引得勝成露出傻眼表情。

「夕歌表妹……妳為什麼這麼好戰？想做個了斷沒關係，但要是因此被孤立就虧大了吧？」

「是嗎？」

對勝成這個成熟意見提出異議的不是夕歌，是文彌。

「雖然在社會上被孤立很要命，但就算在魔法師社會被孤立，我們也沒有實質上的損失吧？而且現在成為問題的是二十八家，只不過是魔法師社群裡極少部分，而且是內部發生的事吧？那就更不需要害怕孤立了。」

文彌的主張點出本質。年輕而缺乏經驗的他，或許因而沒被思緒迷惑，得以從視線範圍去除旁枝末節。

對於四葉家來說，提供文明社會產物的「社會」不可或缺，但是魔法技能的提供者，只靠自家內部就足夠。即使自認是世界最強魔法師部隊的USNA挑起戰端，四葉也具備獨力自衛的實力。

「即使在逼不得已的時候和其他含數家系全面開戰，也應該盡本家與分家的全力，全面支持達也哥哥與深雪姊姊。」

「我的指示沒變。想將四葉家下任當家拱成神轎的企圖，你就全部無視吧。遭受攻擊的話，可以依照自己的判斷反擊。」

雖然不知道是否因為支持文彌的意見，但真夜如此表態之後，結束這個問題的相關議論。

◇　◇　◇

侍郎肩膀起伏，上氣不接下氣。踩著地板的腳也已經蹣跚。即使如此，只有雙眼隱藏的鬥志光芒沒有消失，繼續和艾莉卡對峙。

他的雙眼與其說是瞪向艾莉卡，應該說在注視。

艾莉卡的嘴脣描繪笑容的弧度。

下一瞬間，她的身影消失。

仿造刀的裝飾小刀從侍郎腰間射出。

「鏗」的清脆聲響，在侍郎左側連續響了兩次。

侍郎向右移動的同時，身體面向左側。

他將右手所握，短刀長度的木刀舉到臉部前方。

艾莉卡的木刀按在他的右手腕。

「變得挺像樣的嘛。」

艾莉卡放下木刀，侍郎也配合她的動作解除架式。

身體沒有挨打的痛楚。和雷歐的比試結束之後，艾莉卡接著親自進行的指導是點到為止。可以說是一種激發潛能的練習吧。艾莉卡以技術略勝侍郎一籌的水準發動攻勢，侍郎以念動力牽制艾莉卡的動作使其停滯，製造防禦與反擊的機會。這樣的練習重複進行。

沒有實際挨打，所以沒有受到必須使用治療魔法的傷。但因為總是被迫全力以赴，所以侍郎全身的肌肉差點痙攣。

「那麼，今天真的到此為止。收操程序不可以偷懶喔。」

「……謝謝指教！」

大概是疲勞到舌頭不靈活，聽起來像是：「謝子叫！」侍郎在道謝的同時低下頭。

艾莉卡的氣息從道場消失。大概是去淋浴吧。

侍郎的身體像是腿軟般摔到地上，以盤坐姿勢飢渴地拚命吸收氧氣。雷歐俯視這樣的他，思考艾莉卡的事。

艾莉卡對侍郎的指導，不像是她的作風。雷歐無法指摘是哪裡有什麼差異，但至少和自己被傳授「薄翼蜻蜓」時接受的指導，在本質上不一樣。

艾莉卡當真想讓侍郎變強。不是賦予技術，而是想賦予實力。

至少在雷歐眼中是如此。

雷歐認為，這不像是平常的艾莉卡。

雷歐來到千葉道場，是受託陪侍郎練武。但雷歐認為「與其說是委託，應該說一半以上是強迫」。不提這個，既然侍郎練武完畢，他繼續留在這裡也沒意義。雷歐向依然站不起來的侍郎知會一聲之後，前往門徒使用的淋浴室。

之前雷歐曾經上當，被帶到艾莉卡正在使用的浴室。當時目擊艾莉卡只圍浴巾的模樣，代價是接受了連地獄油鍋的熱度都比不上的慘痛教訓。雖然不免多少覺得「幸運」，但是尷尬的感覺更是填滿內心，因此雷歐暗自發誓「我可不會重蹈覆轍」。

早期「流汗沖涼就好」的劍術道場，到了現代則必須具備有熱水的淋浴設施。門徒眾多的千葉道場設有淋浴室，內有十個完全個人用的隔間。雖然問題在於沒分成男用及女用（因為男性門徒占絕大多數），不過附更衣空間的淋浴隔間可以上鎖，所以不用擔心偷窺或騷擾。而且女性門徒希望的話也能借用主屋浴室，所以道場的淋浴室實質上是男性專用。

只有一個隔間正在使用。雷歐沒特別留意，提著裝有換洗衣物的包包進入第一個隔間。

如果沒特別的要求，使用自動模式三分鐘就完畢。只要站著，洗髮兼用的沐浴乳與熱水就會從全方位噴射，沖走髒污與汗水。雷歐以手指按摩頭皮，以手掌擦臉，除此之外的工作都交給機械，淋浴完畢。

擦乾身體與穿衣服終究得靠自己。包含這些程序，他五分鐘就走出隔間。

淋浴間前方整面牆是鏡子，以及簡單的梳妝台。雷歐平常只擦頭髮就任其自然乾燥，但今天心血來潮拿起吹風機。

現在的他身穿挖背背心加五分褲。外套放在道場的置物櫃。現在是四月中，穿這樣走到戶外有點冷，但在空調夠強的淋浴室裡反而會熱。

大概是一時鬼迷心竅吧。雷歐朝鏡子秀出二頭肌。強壯的上臂足以滿足少年的自尊。

雷歐心情大好，從右手單手改為雙手秀肌肉。挺起胸膛，雙手舉到肩膀高度，前臂往上彎，這是叫作「正面雙手二頭肌伸展」的最常見姿勢。

接著是雙手扠腰，肩膀往前擠，讓背部看起來更寬的「正面闊背肌伸展」。健壯的背闊肌形成漂亮的倒三角形（V形）輪廓。

手肘彎曲，雙臂移到身體前方，姿勢稍微前傾，讓脖子根部的肌肉（斜方肌）膨脹的「蟹形」。

雷歐再度回復為只以右手秀出二頭肌的姿勢，低頭看自己的手臂，滿意地呼出一口氣。

「……你在做什麼？」

「唔呃？」

說來大意，直到被這麼叫，雷歐才察覺映在鏡子裡的艾莉卡。

「而且就這麼拿著吹風機……」

雷歐臉紅別過臉。

不只是因為被看見丟臉的一面，更重要的是……

「妳、妳怎麼穿這樣？」

艾莉卡映在鏡子裡的不檢點模樣，雷歐無法正視。

短到只能剛好蓋住胸部的背心。

甚至露出大腿上緣的短褲，貼身到令人誤認是緊身褲。

漂亮的腰身，緊實的雙手與雙腿，以及微熱泛紅的胸口全部外露。

「啊？我剛沖完澡，這種程度很正常吧？內衣也有穿好喔。」

「我……我不是這個意思！妳……妳為什麼是在這裡……！」

「沒什麼關係吧？我懶得去主屋。」

艾莉卡真的嫌煩般說完，坐在隔雷歐一個位子的椅子上，拿起吹風機。

「你也趕快吹乾頭髮吧？剛才的奇怪行徑，我不會說出去的。」

「呃，不，我先走了！」

雷歐像是扔掉般放下吹風機，跌跌撞撞離開淋浴室。

艾莉卡目送雷歐的背影聳了聳肩，仔細吹乾頭髮，然後在背心&短褲外面套一件束腰上衣，回到自己房間所在的別館。

◇◇◇

茶會形式的這場達也報告會，話題轉移到推測是「水霧炸彈」的攻擊魔法。

「那麼，你也感應不到術士的存在？」

「是的。」

勝成問完，達也回以肯定的答覆。

「假設那個魔法是『水霧炸彈』……」

勝成停頓片刻。

「就代表新蘇聯的超遠程瞄準輔助系統進入實用階段吧。」

接著提出這個斷定的推論。

「超遠程瞄準輔助系統……就像是用在『質量爆散』的『第三隻眼』？」

勝成點頭回應夕歌這個問題。

「推測該魔法的性質，應該不需要『第三隻眼』這種精密瞄準。另一方面，要複寫無數魔法式並且同時發動的變數設定，單一魔法師的演算能力想必負荷不來。大概是使用了內建演算輔助機能大型電腦的複合系統吧。」

除了第一段話，後續都是對真夜說的。

「說得也是。達也你認為呢？」

「這是合理的推測。若要補充，或許是藉由統合所有機能的大型ＣＡＤ生成魔法式，連一般來說必須由魔法師輸入的變數都協助完成，減輕魔法師的負擔。」

「意思是只要魔法師讀取啟動式，魔法就會發動？」

「或許連啟動式的讀取程序都自動化了。」

「這樣真的減輕了魔法師的負擔嗎？」

夕歌在真夜與達也的問答中插入這個疑問。

「若發動魔法時的啟動式讀取程序都自動化，魔法師也可能被迫使用超過自己極限的魔法吧？」

「超過自己處理能力的魔法不會發動喔。不過使用『增幅器』或許另當別論。」

達也回答夕歌問題的語氣非常流利。

「你說的『增幅器』，是香港黑手黨提供的『魔法增幅器』?製作它的組織不是毀滅了?」

「製作方法沒有失傳吧。不過，這都是臆測就是了。」

「也對。」

夕歌似乎還想說些什麼，卻因為真夜這聲附和而讓步。

「雖然我也對魔法的構造感興趣，不過當前要面對的是……」

真夜說到這裡停頓，朝深雪投以「妳懂嗎？」的視線。

意思是要藉此教育下任當家吧。

「當務之急的課題，我想應該是如何防禦這個疑似『水霧炸彈』的魔法。」

幸好昨晚剛和達也討論相同的問題，所以深雪並未苦於作答。

真夜一副「表現得很好」的表情點頭。她不知道深雪的回答是從達也那裡現學現賣，但假設是作弊得到的答案，她肯定也不會在意。

「生成氫氧混合氣引爆的那個魔法是不是『水霧炸彈』，我們暫且不討論。深雪，妳要如何防禦那個魔法？」

關於這點，深雪也已經接受過達也的指導。但不是昨晚，而是在來這裡的ＶＴＯＬ機上。

「若能抓準發動的時間點，我認為可以用『凍火』阻止。不過最重要的時間點掌控，我想應該非常困難……」

「凍火」是將目標對象保有的熱量抑制到一定程度以下，阻止燃燒的魔法。即使「水霧炸彈」是無須加熱就讓氫氧結合引爆的魔法，只要結果會產生熱量，禁止熱量增加的「凍火」照道理就能阻止。

「原來如此。勝成會怎麼做？」

「這個嘛……雖然依據攻擊規模而定，不過只要用『密度操作』分離剛生成的氫與氧，應該就能讓魔法以未爆作結。」

「文彌有什麼想法？」

「我想我頂多只能架設護壁防禦，不過姊姊的『極散』應該能妨礙魔法發動。」

接連提出破解的手段，使得場中即將形成樂觀的氣氛。

「以『密度操作』破解，或是以『極散』阻止發動，理論上都是可行的。」

此時達也提出警告。

「問題在於如同深雪所說，要如何抓準對方魔法發動的時間點。那種高速展開的連鎖魔法式複寫，在下為求方便稱為『連鎖演算』，在該程序完成之前，這邊的魔法想要後發先至，我想應該相當困難吧。」

「不過，推測是『水霧炸彈』的這個魔法，需要和攻擊範圍同樣面積的水吧？在海面或湖面就算了，在陸地上應該得事先製造水霧或水塘吧？這麼一來，我想應該可以預測到某種程度。」

夕歌的語氣不像是認真主張這個論點。但達也沒多說就否定這個意見。

「我如果是這個魔法的術士，就會選擇雨天。這裡不是中東的沙漠地區，是日本。應該不難找到機會吧？」

夕歌朝達也聳肩。

她在內心打什麼算盤？或是其實什麼都沒想？達也不知道。

達也只在瞬間苦思，然後決定不在意。

「在下要再次強調，『連鎖演算』速度極快。如果無法確實抓準時間點，以護壁魔法在可能的範圍內防禦，應該是比較確實的做法。」

「護壁魔法」這四個字，引得達也與深雪以外的列席者目光不經意投向深雪身後。

在該處默默待命的水波，承受五人分的視線而畏縮。

◇　◇　◇

回到自家的雷歐，進入自己房間就立刻走向視訊電話。他在回程電車上一直煩惱的事情沒得出結論，無法克制想找人商量的心情。

撥號連線好一段時間，視訊電話的畫面才變亮。映在螢幕上的是日式書齋。想到這個房間的主人是高中生，形容成「書房」或許比較妥當，但是高達天花板的書櫃擺滿現代罕見的紙本書，是最適合形容為「書齋」的光景。

『雷歐，你居然打電話給我，真稀奇。』

出現在視訊電話畫面的是幹比古。

「嗯，幹比古。現在方便嗎？」

『……怎麼了？』

雷歐表情難得消沉，幹比古也變了臉色。

「有件事，我想問問你的意見……」

兩邊隔著螢幕，逐漸形成嚴肅的氣氛。

然而在這個時候，發生一個意外的小插曲。

『吉田同學，浴室……啊，對不起！』

幹比古這邊的麥克風，接收到從遠方（大概是書齋門口）叫他的少女聲音。

不只如此，雷歐所看的螢幕上，映出美月探頭的小小身影。

「抱歉！打擾了！」

『等一下！雷歐，誤會！這是誤會！』

雷歐慌張地要結束視訊通話，幹比古更慌張地制止他。

「……用不著掩飾也沒關係啊？就算叫來家裡，我……我也不認為你們做了不檢點的事。」

『不……不……不檢點的事是什麼事啊？』

「當……當然就是那種事。男女之間的……」

『怎麼可能做那種事啊！這樣對柴田同學很沒禮貌吧！』

「所以我說我不認為你們做了那種事啊！」

『吉田同學，我怎麼了……？』

雷歐與幹比古的混亂即將達到頂點的這時候，身影暫時消失的美月再度從門後探頭。

但是和剛才不同，出現在畫面上的不只是美月。

『美月，還要多久啊？』

美月這次不只是探頭，整個人都進入房間時，另一名少女追著她出現在背景。

雷歐對這名少女的長相有印象。是和雷歐同班的女學生，記得她加入美術社。

『啊。吉田同學，你在講電話啊。那麼冰像延後，我們先做別的工作吧。不然時間有限。』

這名女學生拉著美月的手，帶她離開。

「……難道，美術社的人去你家？」

等美月她們的身影從畫面消失之後，雷歐有些顧慮地問。

『沒錯。並不是只和柴田同學兩人在家，怎麼可能演變成奇怪的狀況？』

意思是說，如果只有兩人在家，就可能出現這種演變？雷歐如此心想。

但他有所分際，沒有繼續失言得罪人。

「抱歉。」

『……已經沒關係了。所以，你想問我意見的是什麼事？』

因為桃色誤會惹對方不高興之後還找對方商量事情，老實說，雷歐感到遲疑。但是這件事如果能藏在自己心底，他一開始就不會打電話。

「嗯。雖然不是什麼大不了的事……」

『嗯。』

「最近，艾莉卡那傢伙是不是怪怪的？」

『艾莉卡？發生了什麼事嗎？』

「稱不上發生了什麼事……不過，其實我今天被叫去她家道場。」

『去道場？』

「嗯。她說她要鍛鍊一年級學弟，要我幫忙。她教我『薄翼蜻蜓』，我還欠她一個人情，而且那傢伙看上的一年級學弟，我也有點興趣。」

『艾莉卡看上的一年級學弟……難道是矢車學弟？』

「幹比古，你知道侍郎的事？」

『入學典禮之後發生過一些事……艾莉卡訓練矢車學弟的傳聞原來是真的。所以？』

「艾莉卡她啊……幾乎是鉅細靡遺地在教他。」

『……真稀奇啊。』

招式要用偷的，別以為我會教你——幹比古知道艾莉卡使用這種方針，所以雷歐這番話使他大為驚訝。

「她說我那時候也是特例，但她教導侍郎的方式從基礎就不一樣。不是在傳授技術，感覺像是要讓他變強，抱著『我要讓你強』的想法在教他。」

『這樣確實……該怎麼說，不像她的作風。』

畫面中的幹比古變成苦思不解的表情。他和艾莉卡的交情比雷歐久，所以突兀感肯定更強。

「……後來，我在浴室撞見她。」

『……所以呢？』

撇開猶豫說出的這句話，停頓許久才得到回應。

雷歐與幹比古都露出正經八百到不自然的表情。

「雖說是浴室，不過是道場的浴室。門徒平常使用的那裡。」

『……啊啊，嗯。所以呢？』

「艾莉卡那傢伙，洗澡之後只穿短背心跟短褲就出來。肚臍也露出來，幾乎像是穿泳裝。」

『雷歐，你居然平安無事啊……』

幹比古身體抖了一下。肯定不是武士上戰場前的激昂顫抖。

「你也這麼認為？」

『咦，什麼意思？』

出乎意料的回應使得幹比古目瞪口呆，隔著鏡頭看見的雷歐表情凝重，幹比古的眼皮就這麼睜大固定。

「今天不是看見那傢伙沒穿衣服或只穿內衣。不過，剛洗完澡各處裸露的樣子被男生看見，她卻完全不驚慌，這不是很奇怪嗎？不是假裝不在意，感覺那傢伙真的不當一回事耶？」

『這……應該是你誤會吧？艾莉卡這方面的反應算是很正常啊？』

「我也這麼認為。所以才奇怪吧？」

『…………』

雷歐的指摘，幹比古無法回以肯定或否定的答案。因為他慢半拍察覺事態「或許」比想像的嚴重。

「那傢伙，是不是其實在逞強？她哥過世之後，她看起來若無其事，但實際上很煎熬吧？」

『我覺得應該不好受……不過這和她樣子怪怪的有什麼關係？』

「雖然只是直覺……但她該不會想報仇吧？」

『報仇……為壽和先生嗎？』

幹比古反問之後，雷歐默默點頭。

『可是對象是誰？殺害壽和先生的是箱根恐攻集團，實行犯已經死了吧？』

以世間的角度，箱根恐攻主謀的下落還沒查明。然而長子遇害的千葉家，已經在沒有大礙的範圍得知真相。雷歐與幹比古也以「絕不洩漏」為條件得知事件概要。

「會不會是……達也？」

『咦？』

過於意外的意見，使得幹比古啞口無言。但這是一瞬間的事，他立刻出言反駁。

『達也沒有錯吧？當時讓壽和先生動不了的人或許是達也，卻也是達也讓壽和先生從邪法解脫。千葉家的人肯定感謝達也才對。』

「幹比古，這是理論。情感這種東西，並非總是都能按照理論來整理吧？」

幹比古再度語塞。

「雖然這麼說，但我也不認為艾莉卡想殺達也。」

『拜託不要危言聳聽好嗎……！』

「抱歉抱歉。我想問你的是，艾莉卡有沒有變得固執。畢竟再怎麼說，在我們之中，你和那傢伙來往最久吧？」

『固執……？』

「該怎麼說……無論如何都想贏達也一次……或不惜捨棄女人味，也要挫挫他的威風。」

『……這是你想太多吧？』

幹比古傻眼低語。但他隨後說聲「不對」微微搖頭。

『我認為她沒有想得這麼極端……但或許不能說完全是你多心。』

這次是雷歐默默隔著鏡頭注視幹比古。

『這段時間，就好好看著艾莉卡吧。』

「嗯，說得也是。」

雷歐說到這裡忽然失笑，聳了聳肩。

「總之，艾莉卡好像動不動就要我做牛做馬，所以我應該沒有選擇的餘地吧。」

畫面裡的幹比古輕輕露出溫柔的笑容。

『你們是一對好搭檔喔。』

「別這樣啦。」

雷歐像是打從心底抗拒般板起臉。

◇　◇　◇

受邀來到七草家的光宣，不只是遲來的午餐，晚餐也接受七草家的招待。

「已經知會你哥哥了。」

「真由美學姊，謝謝您。」

「回程再派直升機送你喔。」

「香澄同學，謝謝妳。我就恭敬不如從命了。」

光宣說完，視線略顯不安地游移。

「光宣同學，怎麼了？不用在意沒關係的。」

「不，我不是那麼意思……泉美同學，那個，令尊呢？」

餐具已經擺放完畢。光宣、真由美、香澄、泉美共四人分。沒準備弘一的座位。午餐時，弘一也不在場。光宣個人不想和弘一慢慢聊，卻想好好打個招呼。

「父親好像不知道什麼時候出門了。」

回答光宣的不是被問到的泉美，是已經和傭人確認過的真由美。

「好像會在外面和哥哥一起吃晚餐。連招呼都沒打，對不起喔。」

「不，我才該道歉。應該在登門打擾的時候立刻去請安的。」

「小美也說了，不必這麼在意沒關係的。因為你是我們的客人。」

「哈哈……謝謝學姊。」

光宣發出鬆懈的笑聲。很難得看他這樣笑——這樣放鬆。

光宣平常都是繃緊神經生活。

卓越的魔法力，以及動不動就病倒的「虛弱」身體，使得無法回應期待的煎熬心情深植光宣內心至今。

出類拔萃的頭腦，以及強行吸引他人目光的超凡美貌，對他來說都是沉重的壓力。

明明具備天分。

明明擁有實力。

卻只因為沒有健康的身體，所以無法完成應盡的責任。光宣就像這樣把自己逼入絕境。

無法盡到該盡的職責。

這份愧疚，造就了光宣顧慮周圍的生活方式。

和七草家姊妹相處時得以放鬆，最首要的原因，應該是她們對於光宣的美貌漠不關心吧。

久違見面，將他當成普通朋友的視線，讓光宣又是驚訝又是感謝。

雖然之前就有這種傾向，卻沒有這麼「自然」。光宣不知道原因。他不知道這是因為七草姊妹已經看慣和他同質而且更完美的深雪美貌。

這也在所難免。光宣對深雪的印象始終是「卓越的魔法師」，美麗只是其次。而且深雪身邊的人並未對光宣的長相表達強烈的關心，絕不是因為這樣。

光宣連帶想起某個「就在深雪身旁卻凝視他臉孔的少女」。

光宣忍不住輕聲一笑，回想起從熟睡的自己面前臉紅跑走的水波身影。即使回憶起她，也沒有冒出不舒服的感覺。

對於光宣來說，異性投向他的強烈視線令他喘不過氣，有時候甚至帶著煩躁感。明明是這樣才對，但只要想起水波，內心就湧出一股暖意。

覺得這名女孩很可愛。

對於光宣來說，這是前所未有的感覺。

「……光宣同學，你怎麼了？看起來好像很快樂喔。」

「啊，不好意思。我想起一些事情笑了出來……」

光宣臉頰微微泛紅。想起水波的事情笑了出來，笑容又被泉美她們看見，基於雙重的意義令他害羞起來。

「光宣在這方面也是普通的男生耶。」

香澄笑咪咪地說。說他「普通」的這對姊妹，令光宣覺得新奇又舒服。

「……所以，受傷的學生治好了嗎？」

晚餐以無關痛癢的話題開始，可惜無法只以閒話家常作結。大概是從以前就在意，無論如何都想確認吧。真由美詢問二月放學時被人類主義者襲擊受重傷的二高學生現狀。

「幸好所有人都沒有後遺症，完全康復了。」

「太好了……」

泉美鬆了好大一口氣。雖然沒受傷，但她當時也被反魔法主義的盲信者襲擊。二高學生受傷的事件，她也不能置身事外。

「人類主義者他們怎麼樣？這邊沒被問罪吧？」

香澄問完，光宣露出略帶遲疑的微笑。

「這部分沒問題。檢方看過受傷狀況之後，判斷我們使用魔法也符合正當防衛的標準。」

「哎，要說當然也是當然的。所以，對方落網了吧？」

既然二高學生是正當防衛，人類主義者肯定被求處重刑。香澄如此心想，露出充滿期待的眼神。在她面前，光宣的表情像是感到抱歉般蒙上陰影。

「襲擊的暴徒……被診斷處於用藥之後的心神喪失狀態，最後不起訴。」

「這是怎樣！二高學生傷重到一不小心會沒命耶！重大犯罪不是不適用於心神喪失的免責權

嗎？」

「……我也是聽別人說的，二高學生因為是魔法師，所以即使被普通人襲擊，一般來說也不會受太重的傷。實際上也沒有後遺症，所以不符合重大犯罪……的樣子。」

「意思是說，因為受害者是魔法師，所以加害者就無罪？」

「所以在我們魔法師和『一般』國民之間，法律並不是人人平等嗎？」

香澄憤慨說完，泉美嘲諷地扔下這番話。

妹妹這段激進的言論，不只是香澄，真由美也沒出面規勸。

「說得也是。」

光宣也有同感。不，關於這件事，他比泉美還要憤怒。

「這種事都能夠強詞奪理的話，人類與魔法師或許不可能共存。」

這段細語沒傳入七草姊妹耳中。

如果她們在這時候得知他的絕望，未來或許會有所改變……

◇　◇　◇

達也等人回到東京時，已經是晚間將近八點。返抵的地點是出發時也使用的調布大樓樓頂。

達也、深雪、水波，再加上勝成、琴鳴與奏太三人，合計六人從小型ＶＴＯＬ下機來到停機坪。

「達也大人，屬下今天就此告辭。」

「花菱先生，謝謝。」

「您的稱讚，屬下擔當不起。請叫屬下『兵庫』就好。那麼，屬下改天再登門拜會。」

達也有點在意兵庫為何要來拜會，但他沒問，而是目送ＶＴＯＬ起飛。

「達也表弟、深雪表妹。」

勝成的聲音引得達也轉身。深雪在這之前就朝勝成等人投以警戒的視線。

「你們兩人聽過這棟大樓的事嗎？」

勝成、琴鳴與奏太看起來都不在意深雪視線隱藏的疑心。勝成以制式的禮貌態度詢問達也他們。

「就我猜測，好像是四葉家的資產。」

對於達也的回答，勝成露出「猜對一半」的表情點頭。

「這棟大樓是當成四葉家在東京的總部而蓋的。」

「我之前聽過這樣的計畫。原來就是這裡啊。」

「住家樓層都是四葉相關人員入住。也可以用為戰鬥員的臨時宿舍。」

「原來如此。所以才設計得像是要塞啊。」

這棟大樓蓋在寬敞建地的正中央。不難想像設置了好幾層保全裝置代替圍牆。

直到三樓的商用樓層是完全沒有對外窗，只以光纖採光的構造。四樓以上居住樓層的陽台坪數也很大，難以從外部窺視室內。完全連接到頂樓的防墜柵欄應該不是用來防止有人跳樓，而是用來防止外人入侵吧。或許也安裝了裝甲板代替遮雨窗。

「我們近期也會搬進這裡。」

「這樣啊。」

勝成這番話也不太令人覺得意外。大費周章蓋了這樣的大樓，分家的下任當家定居在這裡，基於各種意義可以說很合理。

「而且達也表弟，也會請你們移居到這裡。」

不過，由琴鳴代替勝成告知的這件事就出乎預料。

「個人用的研究設施也準備得比現在更齊全，所以完全不用擔心。」

「是姨母大人這麼說的嗎？」

深雪代替冷不防得知這件事的達也，詢問琴鳴。

「是的。」

「我們確實轉告了。」

琴鳴點頭之後，勝成補充這句話，包括奏太在內的三人隨即進入大樓。

回到自家客廳坐好的達也與深雪，首先聊的話題是勝成他們告知的遷居事項。

「哥哥，您早就知道了嗎？」

大概是一直繃緊心情的反撲吧。深雪毫不猶豫稱呼達也「哥哥」，詢問搬家的事——看來在深雪心中，達也還要一段時間才會成為「達也大人」。

「非得轉移到四葉家位於東京的據點，我記得聽過這件事，但我以為沒那麼快。」

深雪問完，達也坦承對自己來說也出乎預料的這件事。

「姨母大人大概覺得需要顧慮我們的生命安全吧。」

「意思是有人盯上我們嗎？」

正好在這時候端茶過來的水波，臉上帶著緊張的神色。

「或許吧。但我認為這樣安排，更是為了防範四葉家相關人員今後遭逢惡意的風險。」

「姨母大人認為將和其他二十七家敵對？」

「不只是二十七家。」

「意思是……會對上政府？」

深雪的聲音失去從容。

「不。政府也有不同派系，所以應該不會演變成和國家公權力全面對立的事態。如果發生這種事，導火線不會是姨母大人，而是我。」

「哥哥……」

深雪顯露不安接近過來，達也溫柔撫摸她的手。

捏著達也衣袖的深雪手指稍微放鬆。

「我想，姨母大人沒有和日本政府對立的意思。但是和國防軍對立的可能性不是零。」

深雪的手指再度使力。

達也像是要深雪別擔心般投以笑容，以指尖輕輕梳理她的秀髮。

「我不會放任事態演變成全面性的武力衝突，所以放心吧。」

「——聽您這麼說，深雪安心了。」

深雪一如往常，依偎在達也身旁撒嬌。

看見這幅光景的水波並未覺得不自在，內心的不安逐漸散去。

召集二十八家新生代的那場會議隔天，三矢家迎接了一名棘手的訪客。

來訪者的姓名是十山司。國防陸軍的女士官，在軍方名冊登錄的姓名是「遠山司」。不是對外自稱「遠山」，是以此作為本名提交給軍方。

這不只是違反服役規定，還是確切的犯罪行為，卻沒有人責備這件事。因為這是軍方的方針，利用十山家的能力時，必須隱藏他們的身分。十山家的魔法因其性質而被掌權者隱匿。不讓市民知道他們的存在，處於必要時刻為政府要人效力的狀態，這是掌權者的要求。

另一方面，三矢家除了身為十師族要負責管理、經營第三研之外，還經營兵器掮客的生意。不是以魔法師身分，而是以軍火商人身分和世界的黑暗面掛鉤，這是三矢家不為人知的一面。

三矢家在具備實力的魔法師家系之中，破例在政府默認之下和外國勢力打交道，祕密出國的次數也不算少。三矢家藉此取得的情報有益於國防軍。此外，他們也發揮特務窗口的功能，祕密提供兵器給國外的武裝勢力，促進日本政府樂見的軍事行動。

三矢家與國防軍與其說是互利關係，應該說軍方獲得的利益比較大。即使如此，身為國防軍共犯的三矢家，立場上必須斟酌軍方的意向。魔法師和政府並非對等。

司同樣是二十八家的魔法師。十山家沒獲選為十師族，所以在二十八家的順位低於三矢家。但是遠山司和國防軍中樞關係密切，三矢家不能疏於應對。不只如此，如果是稍微強人所難的要求一樣得接受，這就是三矢家、國防軍和司的關係。詩奈之所以和司面識，其實也是三矢家基於關係必須給十山家一個方便的副產物。

大概是理所當然的心情吧，知道自家和十山家關係的三矢家大人們，對於司並不友善。司本人也知道這一點，但她完全不在乎自己不受喜好。

「抱歉在百忙之中打擾。」

「不，請別在意。所以您今天前來有什麼事？」

對於司形式上的問候，當家三矢元性急詢問對方來意，如同在說「趕快辦完事情離開」。同席的長子元治朝父親投以責備般的視線，但是元沒察覺。他的注意力集中在司身上。

「昨天的那場會議，我聽說了。」

不過司似乎沒有長話短說的意思。

「……這樣啊。」

元以無可奈何的語氣附和。

「我以為十山小姐也有參加。」

繼續交給父親應對會起口角。有這種感覺的元治，在旁邊以較為親切的語氣插嘴。

「家裡的事，我交給弟弟處理。」

司掛著「制式」的親切笑容，說出這個不算回答的回答。

「所以，昨天的會議怎麼了？」

元治也知道十山家的隱情，所以無視於這個回答，催促司說下去。

「大家好像在相當和樂的氣氛中增進友誼了。」

「是的，託您的福。」

「只是說來遺憾，在最後有人擾亂了這股和諧的氣氛。」

「……不是那麼嚴重的氣氛喔。」

「是嗎？」

元治平淡回應，司回以冰冷的視線。

「聽說四葉家的人也沒參加餐會。」

「好像是先排了其他的行程。」

元治之所以為達也辯護，是要避免被捲入十山家與四葉家的紛爭。如果得出「達也擾亂魔法師團結」的結論。三矢家就非得協助司處理這件事。

然而這是白費力氣的努力。

「司波達也的不合作態度，我們也很擔心。」

司打從一開始就做好結論。

「您說的『我們』是國防軍嗎？」

「是的。以我們這個層級的立場，認為必須測試司波達也是否會妨礙維安勤務。」

「司波達也閣下不是軍人。國防軍應該沒這種權限吧。十師族或十山家當然也沒有權限測試四葉家的人。」

大概是覺得不能當成沒聽到，至今交由兒子應對的元插嘴說。

但是，這種程度的大道理無法讓司卻步。

「雖然沒權限，但是可以測試吧？」

司笑咪咪看著元。這張笑容毫無真心可言。

「……所以十山小姐對我們有什麼要求？」

看來成為司這個奸計的共犯是既定事項。元帶著這種死心的念頭詢問，司就這麼不改親切笑容（只有表面親切的笑容）回答。

「我們的演習，想借詩奈小妹一用。」

元臉色一變，司像是先發制人般說下去：

「雖說是演習，但沒有任何危險。而且已經徵得詩奈小妹的同意了。」

「什麼時候……」

元治愕然低語，一旁的元晝顯厭惡地咂嘴。這種程度的失禮沒什麼大不了的。元現在處於這樣的心情。

「反正我沒有權利拒絕吧？」

「沒那回事。我希望三矢先生『爽快』協助。」

司的說法只能以假惺惺來形容，使得元再度咂嘴。

這無疑表明了屈服的態度。

◇ ◇ ◇

第一高中迎來放學後的時光。

達也先到學生會室露個面，然後向深雪知會一聲，來到機研的機庫旁邊。

不是巡邏。維修琵庫希的時候偶爾會借用機研的社辦，但今天也不是要維修。

「學長，抱歉請您特地來這種地方。」

他是接受七寶琢磨邀約而來到這裡。

「沒關係。是有事情要私底下談吧？」

「該說是私底下談嗎……我不希望會長聽到這件事……」

「告訴我吧。」

達也催促支支吾吾的琢磨說下去。

「是昨天學長回去之後的事。」

「聚餐席上的事吧。我猜應該是說我的壞話說得很熱絡？」

「不，絕對不到熱絡的程度……」

換句話說，確實把達也說得不好聽。

「學長，您知道自己的發言會惹其他參加者不高興，卻故意違抗會議的氣氛吧？為什麼要做這種不利於自己的舉動？」

達也沒有義務，也沒有道義回答琢磨這個問題。

「即使強者討好弱者，只要強者沒有拋棄威脅弱者的力量，弱者的恐懼就不會消失。」

所以這是達也心血來潮，或者是回禮給這個特地前來忠告的學弟。

「……您的意思是說，只要我們是魔法師，就免不了遭到一般市民的恐懼與嫉妒嗎？」

「不是魔法師的人們未必會嫉妒魔法師。不過恐懼應該無法避免吧。因為我們就像是在手無寸鐵的人群之中隨時提著一把槍。」

「……所以您反對我們向社會宣傳？因為沒有效果？」

「我在會議上提出異議，是因為看透他們想把四葉家下任當家拱出來首當其衝。」

「應該沒有拱出來首當其衝的意思……但我認為議論方向確實引導得很露骨。」

琢磨一副總之先說的感覺，說出不知道對誰的辯護。但因為之前的原委，所以他對七草家的智一的做法加上一句批判。

「七寶，我想你也知道，即使這邊表達善意，對方也不見得會回以善意。」

「這……應該吧。我可以理解。」

「魔法師即使基於善意服務不是魔法師的人們，也不一定所有人都會感謝。嫉妒累積到成為敵意點燃的可能性，我認為不是悲觀主義者的惡夢。」

「這不是過於悲觀的自以為是？可是，這種事……」

琢磨想質疑這或許是想太多，這句話卻在口中融化。認定不可能而否定，只是在欺騙自己。

琢磨在途中察覺到這一點。

「我的未婚妻擔任廣告塔來宣傳，確實可以獲得一定的成果吧。再怎麼說，她都具備那樣的美貌。不必引用宣傳的『3B法則』，美女就是擁有這麼強大的吸引力。」

「3B法則」指的是廣告使用美女（Beauty）、嬰兒（Baby）或動物（Beast）就容易吸引目光、博得好感的經驗法則。尤其美女不只是適用在廣告，男性普遍對美女沒有招架之力，女性普遍對俊男沒有招架之力。深雪這樣超越興趣嗜好的美貌，肯定不只是異性，也能對同性造成強烈的影響。

「不過，宣傳活動的效果愈好，愈容易有頑固的人們看不順眼。在這種場合可以稱這些人是盲信者。如果事情照著七草家的意思去做，盲信者的目標會是深雪。我沒辦法認同這種顯而易見的計謀，要我回應這種議論都免談。」

「……我大致明白學長的想法。可是，在當時會議席上這麼說不就好了？完全沒說明就不歡而散，我認為不太好。」

「你的意見有道理。」

始終只是有道理。達也也是考慮過這種程度的事，才採取那種行動。

「不過，要是在那個場合駁倒七草家，應該會招致更強烈的反感吧。我當時那麼做，大家會把我當成黑臉，七草家也能保住面子。」

琢磨默默眨了眨眼。這是他想都想不到的觀點。

「魔法師對社會宣傳自己的貢獻，這個做法本身我並不反對，只是認為必須注意到這麼做所伴隨的風險。激進派察覺自己不受社會支持的時候，會採取毀滅性的行動。不惜自爆也要抹殺自己認定的『惡』。」

「『惡』……嗎？」

「假設這裡有個異質的強者。因為異質，所以也無法拱立為我們的庇護者。我們不知道這個強者何時會造成危害，相對的，我們無法抵抗。這個強者是否真的想危害我們都沒關係，人們只因為自己可能受害，就會希望排除這種存在吧？我認為如果要為這個存在取名，那他的名字就是『惡』。」

「對於反魔法主義者來說，這個『惡』就是魔法師？」

「我是這麼認為的。我不會說魔法師絕對是強者，不過魔法師在暴力層面占優勢，從這一點看確實是強者吧。而且，弱者不信任強者，這應該是對的。因為強者隨時都可以蹂躪弱者。」

「所以弱者會把強者視為『惡』來否定……？為了逃離不知何時遭到蹂躪的恐懼？」

而且，達也成功避免深雪成為「惡」的象徵。說明到這裡，琢磨才終於覺得自己理解到達也的擔憂。

「只要這邊是強者，即使迎合弱者的蠻橫也無法解決問題。這邊也不可能為了消除對立而放棄成為強者。魔法是魔法師與生俱來的能力。魔法師無法拋棄名為魔法的力量。」

「學長認為……魔法師與非魔法師不可能共存嗎？」

「和不希望共存的對象共存，是難上加難的事。」

達也留下像是「套套邏輯」的這句回答之後離開。

但是琢磨不覺得被達也敷衍了事。

◇　◇　◇

太陽完全走到西邊，即將來到離校時間。結束社團活動的雷歐前往咖啡廳充飢。

他在途中和熟人打招呼（雷歐人面很廣，在二、三年級認識三分之二以上的學生），拿著附有ＩＣ標籤的餐券，在自動化櫃檯兌換領取三明治。飲料是普通的白開水。他環視咖啡廳尋找空位，發現某個最近很有緣的一年級學生。

「侍郎，方便一起坐嗎？」

「西城學長！請坐！」

注視空咖啡杯陷入沉思的侍郎，似乎是聽到雷歐叫他才察覺，以稍微慌張的語氣回應。雷歐回他一句「打擾了」，坐在他的正前方。

「在等誰嗎？」

「是的，在等詩奈。」

聽到回答的雷歐心想「其實用不著問」。他在負責訓練侍郎的時候得知侍郎的隱情。也知道侍郎即將就讀一高的時候被剝奪護衛一職。

雷歐不會為此感到尷尬，但決定先換個話題。

「今天也被艾莉卡磨練過了？」

「嗯，算是吧……」

雖然看得見的部位沒受傷，不過仔細觀察就會發現侍郎相當疲憊，甚至擔心他現在這樣，要是回程發生狀況是否能確實保護兒時玩伴，但雷歐改變心態，認為這應該是自己多管閒事。既然侍郎被剝奪護衛職務，當然有人接替這個位子，該負責的是這些人，不是侍郎。直到侍郎重返詩奈守護者身分的那一天。

「我很感謝學姊。學姊應該也有自己的修行，卻為了我這種半桶水……」

「我想你不必在意這種事喔，因為那傢伙是自願這麼做的。」

「是沒錯啦，但我聽你這麼說就莫名火大。」

「喔哇？」

話題的當事人突然搭話，雷歐的屁股離開椅子。

艾莉卡從雷歐的背後接近。從侍郎的座位肯定看得見她。即使如此，侍郎驚嚇的程度也不輸雷歐。

「不要隱藏氣息偷偷接近啦！妳是忍者嗎？」

「消除氣息的技術不是忍者的專利喔。這種程度是近身距離作戰前鋒的必備技能。」

「這絕對是騙人的吧……」

雷歐一邊從椅子滑落一邊呻吟。這種脫力的俏皮模樣，引得艾莉卡身後發出清脆笑聲。

「喔，美月也在啊？」
「我剛到喔。」
雷歐正對面的侍郎開始心神不寧。陌生三年級女生的登場令他不自在。
「侍郎。」
侍郎一副要逃跑的樣子，先發制人的艾莉卡攔下他的腳步。
「這位是柴田美月，和我們不同，是和平的魔法科高中生，不准把她捲入麻煩事喔。」
「我不會做那種事啦！」
侍郎不禁起身抗議，在這時候驚覺自己該做的事。
「那個，初次見面，我是矢車侍郎。」
侍郎就這麼挺直背脊，只彎腰讓上半身前傾。
明顯看得出緊張得僵硬的這個鞠躬，使得美月無聲地輕輕一笑。
「我是柴田美月。請多指教喔。」
溫馨柔和的氣息，隱約讓人聯想到詩奈。侍郎有這種感覺。
「……矢車，你臉紅什麼勁啊？」
「我……我沒臉紅！」
「不行喔，因為美月是Miki的女朋友。」

「艾……艾莉卡？」

「我的名字是幹比古。」

美月驚慌失措（但也感覺來不及了）這麼說的時候，剛出現在咖啡廳的幹比古以慣例台詞插嘴。

「……所以，說我怎麼了？」

在許多人閒聊時只聽得到自己名字的雞尾酒會效應，使得幹比古只聽到「Miki」這部分，除此之外不知道大家在聊什麼。證明他即使嘴裡否定，意識底層還是接受「Miki」這個綽號。

艾莉卡對幹比古這個問題咧嘴一笑。

「沒事！」

美月大喊打斷對話。

「柴、柴田同學？」

「啊……」

幹比古愣住，美月臉紅。

兩人四目相視僵在原地，艾莉卡聳肩露出有點傻眼的笑。

「Miki，風紀委員會的委員長，可以在這種地方摸魚嗎？」

這時候對美月落井下石很惡劣。如此心想的艾莉卡主動改變話題。

幹比古雖然板起臉，但好像理解到艾莉卡的目的。

「快到放學時刻了，休息一下沒關係吧？」

這番話聽起來與其說是回嘴，感覺更像是隨口敷衍。

「喔，老神在在耶……對於風紀委員會來說，明明是名為社團招生週的春季大戰場啊？」

「今年發生的麻煩事比去年少很多，我們也樂得輕鬆。」

「是嗎？」

終於不再臉紅的美月感到意外般詢問。她沒有上前線搶新生，而是負責接待招生部隊帶來的報名者，所以不知道今年的爭奪戰是什麼狀況。

「會不會是深雪的『光環』？即使沒有四葉家的名號，新生應該也在入學典禮知道深雪不是普通人吧～～」

艾莉卡露出壞心眼的笑容，一旁的幹比古跟著露出苦笑。

「此外，果然是因為達也盯得緊吧。再怎麼放縱，只要達也出現，招生的二、三年級注意力也會被吸過去。」

「但我認為達也同學並不是可怕的人……」

幹比古點頭回應美月的疑問。

「是啊，達也並不是擺出高壓態度，可是，大家沒辦法無視。該說是存在感嗎……？總之就是大家都對他另眼相看的感覺。」

「司波學長是什麼樣的人？」

逃亡失敗，打算別礙事而默默坐著的侍郎，這時候突然發問。入學典禮當天，侍郎吃了達也不少苦頭，卻沒有懷恨在心。侍郎詢問達也的為人並非基於什麼敵意，只是想知道在學生會和詩奈近距離相處的男學生是怎樣的人物。

這個問題不是對幹比古，而是對在場所有人問的。四名三年級學生面面相覷，以眼神討論由誰回答。

「他很優秀。魔法的專業知識應該已經超過大學水準。」

結果是由幹比古先說。

「很強。在學校的實技表現，威力與規模都沒什麼大不了的，不過實戰就很強。而且總覺得他隱藏深不可測的實力。」

接著是艾莉卡。

「達也的強不只是魔法。我也對拳腳功夫有自信，但要我跟達也過招就免談。我可不想站不起來。」

再來是雷歐，大家依序回答。

「那個，他真的不是可怕的人喔。為人紳士，也沒有粗魯的一面。」

大概是認為另外三人講得太過分，美月講得像是為不在場的達也辯護。

「不過，矢車學弟想知道的不是這種事吧？你想問什麼？」

美月反過來詢問侍郎。

大概是沒想到會被反問，侍郎沒能回答這個問題。或許他不知道自己想知道什麼。

「如果想知道個性或脾氣……」

伸出援手的是艾莉卡。

「對於什麼事情應該優先處理，他這個人不會猶豫。預先在心中決定優先順序，無論是遭受威脅央求、哭訴甚至色誘都無法撼動，不為所動。是個就某方面來說比任何人都值得信賴，就另一方面來說比任何人都無情的男人。」

雷歐與幹比古嚇到了。「艾莉卡……」美月像要規勸般叫她。但正如她現在自己描述的人物形象一樣，艾莉卡不為所動。

「達也同學以深雪為第一優先，這是無法撼動的事實。深雪一人與我們所有人，如果只能拯救其中一邊的生命，達也同學應該會毫不猶豫選擇深雪吧。」

「喂……」

「艾莉卡，這就有點……」

雷歐與幹比古想反駁卻語塞。

先不提說明的方式，兩人都知道艾莉卡的意見是對的。

昨天大致得知十師族新生代會議發生什麼事的侍郎，默默心想「所以司波學長才做出那種驚人之舉啊」而接受。

◇◇◇

回程途中的電動車廂上，侍郎將咖啡廳聽艾莉卡他們說的內容告訴詩奈。

「是喔，原來昨天學長的態度是這個原因啊。」

關於新生代會議，詩奈知道的程度也和侍郎差不多。不，原本應該說「侍郎知道的程度和詩奈差不多」。侍郎的知識是出席會議的三矢家長男向包括詩奈在內的弟妹們說明時旁聽得來的。

「那就沒辦法了。」

聽完侍郎的說明，詩奈的感想是這句話。

「沒辦法？」

侍郎無法理解她為何做出這種結論。

「學長不希望自己心愛的未婚妻抛頭露面吧？我覺得這心態是當然的。」

「身為十師族，這是為了魔法界必須做出的貢獻……不能這麼想嗎？」

這個問題還沒問完，詩奈心情就開始變差。知道這一點的侍郎本來想中斷話語，但是最後還是說完了。因為他察覺既然已經說到這裡，中斷也沒有意義。

「這是怎樣？噁心。」

只會對侍郎發動的謾罵，在狹小的車廂爆發。

「居……居然說噁心……」

「既然是十師族，被人看笑話這種程度的小事就該忍一忍……侍郎，你這麼認為嗎？這和宣稱『偶像被侵害隱私權是理所當然』的記者有什麼兩樣？」

「不，這種記者是幾十年前的事了，現在敢放這種話會被當局傳訊。到頭來，現在的偶像幾乎都是3D虛擬人物吧？」

「就算是虛擬偶像，『裡面』也是真人啊。而且娛樂記者現在肯定也在心中這麼想，只是沒說出來而已。」

詩奈瞪向侍郎，一副隨時會噘嘴的表情。

「……娛樂記者的話題先不提吧。和現在的討論無關。」

「堅持娛樂記者話題的是你吧？」

首先拿來比喻的是詩奈，但侍郎沒有重提這個話題。這是沒有建設性的行為。

「昨天的會議沒要求司波會長犧牲私生活吧？司波學長的應對是不是有點激進？」

「會嗎？如果我是男生，就不會希望女友去做這種像是會場辣妹的工作。」
「會場辣妹……又沒有要求換上泳裝或是穿短裙……」
「剛開始可能不會，但我認為遲早會要求類似的事喔。因為司波會長那麼漂亮。」
詩奈微微歪過腦袋，從下方注視侍郎雙眼。
「比方說，如果會長穿上迷你窄裙的套裝，侍郎，你不想看嗎？而且直接露美腿或是只穿薄褲襪。」
侍郎說不出話，沒有否定詩奈的這個問題。
「……下流。」
「都是妳在說的吧……」
面對不講理的鄙視眼神，侍郎不知為何無法嚴詞抗議。
「利用會長宣傳的這個點子，應該不只是想利用會長身為魔法師的實力，也想利用會長身為女性的魅力吧？既然這樣，要是媒體要求換上『觀眾想看的服裝』，我想應該拒絕不了。會長這樣的美少女，絕對會被要求走性感路線。我反而認為媒體職員沒這麼做的話是無能。」
「……男人並非都是這種大色狼喔。」
「但你想看吧？」
侍郎感覺非常不自在。這個問題本身就很難對異性回答，加上對方是「美少女」又是「知心

的兒時玩伴」，想否定或肯定都很難。

如果肯定會很丟臉，即使否定也會立刻被看透在說謊。換句話說，詩奈的指摘正中紅心。

「我認為這種事應該徵求自願的人，肯定不是逼別人做的事。而且這不是當事人自己提議，是在聚集許多人的場合不知不覺想硬塞的工作，這不是很卑鄙嗎？不是嗎？」

「……不，我認為妳說得對。」

詩奈不是在責備侍郎。但是侍郎感覺愈來愈坐立難安。

「我不太想說真由美小姐她們哥哥的壞話……不過，我不認為司波學長是錯的。」

如果是聊這個話題之前的侍郎，或許會認為詩奈這個結論出乎預料。但他現在也覺得兒時玩伴的說法很中肯。

〔3〕

集結十師族下任當家級人員的會議隔天早晨。

達也剛結束晨練，直到剛才陪他對打的八雲就對他搭話。

「師父，請問什麼事？」

「達也，好像真的會發生一些火爆事件。」

「火爆事件？」

「軍方情報部有動作了。」

「情報部？」

達也伴隨藏不住的驚訝反問。

「情報部搞鬼」這種事本身沒什麼好意外的。打鬼主意就像是情報部的工作。

八雲掌握情報部的動向，確實是應該驚訝的事，但事到如今也不需要為此露出驚訝之意。達也屢次遭遇八雲比國防軍情報部技高一籌的場面。

他之所以沒隱藏驚訝之意，是因為八雲主動提出具體的警告。

「這次不是直接衝著你們來。不過這個影響遲早會成為麻煩事，降臨在你們身上吧。」

「會發生什麼事……您方便告訴我嗎？」

「要是你行動，事態會額外惡化。不，或許可以阻止事件本身，卻會造成你的不利。」

「知道了。我不出手。」

達也以乾脆的語氣無情回應。

「那麼，我告訴你吧。」

八雲咧嘴露出對他露出壞心眼的笑容。

「啊？」

「心理準備最好早點做。這也是為了擬定今後的對策。」

八雲說完，帶達也進入正殿深處的房間。

◇　◇　◇

事件在當天夜晚發生。

地點是幕張副都心。

ＵＳＮＡ的魔法工學機器製造大廠「馬克西米利安研發中心」的日本工廠在深夜遇襲。

工廠並非無人工廠。不，到頭來，建地內的建築物只有一小部分發揮工廠的功能。這座工廠是在美軍強烈要求之下，當成USNA特務據點而建設的。

在這座美軍的祕密據點，USNA統合參謀總部直屬魔法師部隊「STARS」行星級魔法師，代號冠上「法斯特（first）」稱號（代表在擁有相同行星代號的成員之中地位最高）的希兒薇雅．瑪裘利准尉，拚命對抗著侵蝕內心的絕望。

「監視器完全失效。」

「不行。妨礙電波太強，無法和本國通訊。」

「意思是對方在這麼接近市區的地方，使用這麼強力的妨礙電波？難道是日軍打進來？」

希兒薇雅在一旁聆聽這個據點的司令官和據點人員的對話，使用堪稱己身異能的拿手魔法努力掌握狀況。

『這裡是C隊隊長！分隊已經損失過半！請求支援！』

「總部收到。B隊隊長，有能力救援C隊嗎？」

『B隊隊長收到。不過這邊也正陷入苦戰，不確定能不能和C隊會合！』

希兒薇雅的拿手魔法是「音聲傳達」。

將目標對象的聲音認知為空氣振動的情報複製，在自己的外耳道重播。因此可以無視於距離或障礙物聽到對方的聲音，是可以用來通訊或竊聽的一種「遠距聽音」。

將自己的聲音認知為空氣振動的情報複製，在目標對象的外耳道重播，就成為一種「遠距傳話」。

同時操控這兩項魔法，即使無線通訊受到妨礙，也可以用這個技能擔任通訊員。

魔法師部隊出動迎擊時，希兒薇雅使用這個魔法擔任他們的指揮官，應該說管制員。

「收到。D隊隊長，C隊請求支援。」

『這裡是D隊隊長！這邊都想要請求支援了。這些傢伙究竟是什麼……嗚哇！』

「D隊隊長，怎麼了？D隊隊長！」

戰況不甚理想。獲選執行本次任務的魔法師，原本就遠遠稱不上是戰鬥精銳。在STARS歸類為戰鬥員的衛星級，本次參加的隊員也是考量到市區游擊戰需求而挑選的成員，不適合這種非得正面承受敵方攻勢的防衛戰。

行星級包括希兒薇雅在內，適合後方支援或破壞任務。比恆星級或衛星級不擅長直接戰鬥。

相對的，正在發動攻擊的魔法師，感覺盡是擅於近距離對人戰鬥的類型。使用的魔法也是比起威力更重視速度的少工序魔法。攜帶的武器是小口徑的ＰＤＷ或是叫作「緊湊步槍」的槍種。之所以沒有槍聲，應該是因為同時高性能消音器與消音魔法吧。或許是武裝一體型ＣＡＤ。

以刀或飛刀為主武器戰鬥的人也不少。或許是因為靠近市區，敵方部隊的概念是以偷襲鎮壓據點。

「——所有人，準備逃離。」

司令官以帶著苦惱的語氣，告知放棄據點的決定。包括希兒薇雅在內，沒人對這個判斷提出異議。

不過，這個決定或許為時已晚。

放棄據點既定的緊急步驟，也就是按下消除資料的按鈕下一秒，本應上鎖的門隨著嘈雜聲被撬開。

防守指揮所的士兵，將對付魔法師用的強力可攜型武器——高威力步槍瞄準入口發射。但是子彈悉數被敵軍架設的反物資護壁擋下。

「怎麼可能？」

如此大喊的不知道是司令官，還是地位僅次於他的軍官。

希兒薇雅也能理解他們想這麼說的心情。高威力步槍是為了射穿魔法師的反物資護壁，無視於費用與耐久性所製造的槍枝。雖然是戰鬥一次槍身就幾乎作廢的高價武器，威力卻對得起昂貴的成本。即使是STARS的隊員，也只有一等星級的隊員敢說自己能確實防禦高威力步槍。二等星級的隊員若是沒做好萬全準備，甚至會敗在沒有魔法技能的一般兵子彈之下。

然而，入侵的敵方部隊所有人都擋下高威力步槍的子彈。也就是說至少在防禦層面，對方集結了匹敵STARS一等星級的戰鬥魔法師。

日本軍的魔法師戰力充足，這是全世界軍事相關人士之間的共識，希兒薇雅進行本次作戰之前，莉娜也像是威脅般警告過。

即使如此，還是不禁感到意外。

（雖說在執行祕密任務，但是同盟國的部隊居然投入特殊精銳小隊？還是說，這在日軍是正常編制……？）

在她愣在原地的短暫期間，護衛部隊全軍覆沒。

外出迎擊的部隊也全部失聯。

士兵們架著緊湊型步槍牽制希兒薇雅等人的時候，一名年輕女兵推開隊列現身。不對，不同於其他士兵毫不掩飾的階級章如果正確，那麼這名女性是士官，是士官長。

「我是國防軍情報部首都方面防諜部隊所屬的遠山司士官長。指揮官是誰？」

「是我。USNA特殊作戰軍魔法部隊STARS所屬的蓋瑞．朱彼得中尉。」

司微微睜大雙眼。朱彼得——「木星」這個代號是特殊代號，不只是身為魔法師的能力，還要考慮身為軍人的實績才可能獲頒這個代號，這在日本也為人所知。

「既然是擁有『木星』代號的中尉閣下，我想你應該知道，繼續戰鬥沒有意義。請投降。」

蓋瑞不甘心地咬緊牙關。

「……可以保證部下的安全嗎？」

不過如司所說，無須他人提醒，蓋瑞也知道己方已經失去抵抗能力。沒有選擇的餘地。

「真要說的話，各位是非法活動的現行犯。你應該明白自己沒立場要求俘虜的保護權。」

蓋瑞想反駁，但是司接話的速度比他快。

「不過，我們不想傷害各位同盟國的軍人。使用的子彈也都是特殊的麻痺彈。」

「……方便確認嗎？」

「請。」

指揮所成員依照蓋瑞的指示，確認一旁護衛兵的狀態。希兒薇雅也對距離最近的倒地士兵把脈確認傷勢。

司說得沒錯，除了中彈部位紅腫瘀青，沒人受更嚴重的傷。

「中尉閣下，您接受了嗎？」

「——嗯。」

「總之先容我逮捕各位，不過只要不採取逃跑之類的敵對行動，我保證近期會送各位回到本國。」

為何刻意說明「只要不採取逃跑之類的敵對行動」這個理所當然的保留條件？蓋瑞覺得不對勁。但他害怕發問會節外生枝。

「感謝您的人道處置。」

最後蓋瑞如此回答，配合解除武裝。

◇　◇　◇

三小時後，STARS總部接獲幕張新都心潛入據點淪陷的消息。

「司令官閣下，下官是希利鄔斯少校。」

莉娜聽到這個壞消息，立刻朝司令官室突擊。

「進來。」

即使沒有預先申請，基地司令渥卡上校還是立刻准許莉娜入內。

「打擾了。」

莉娜一踏入室內就目瞪口呆。

位於室內的不只是渥卡上校。巴藍斯上校坐在他旁邊。

「所以少校，什麼事？」

渥卡詢問就這麼保持敬禮姿勢說不出話的莉娜。

「是！」

莉娜總之先應聲，卻必須再停頓一下才能好好開口。

「聽聞潛入東京的部隊遭受襲擊。」

「這是事實。」

渥卡搶話般肯定莉娜這句話。

「下官推測潛入部隊所有人都被逮捕。」

「這還不知道。現在只確定沒留下屍體。」

莉娜咬緊牙關。只是沒屍體無法斷定生還，她好歹也理解這一點。即使如此，她還是想相信希兒薇雅他們還活著。

「只要沒發現屍體，就應該認定部隊生還。」

「哎，說得也是。所以呢？」

莉娜如同抓準這個關鍵時刻，朝丹田使力。

「——請派下官出任務救出他們。」

「身為STARS總隊長的貴官，想親自前往日本救出被捕的部隊成員？」

渥卡像是逐字確認般緩緩出聲詢問。

「是的。」

莉娜毫不畏縮，做出肯定的回應。

「抱歉，我不能答應。」

下定決心的莉娜眼神被一口回絕。說話的不是渥卡，是巴藍斯。

「上校閣下！」

「少校把『救出』說得很簡單，但妳究竟打算從哪裡救出他們？」

「下官……不認為這個任務很簡單！」

「也就是說，少校希望長期滯留日本？我想妳好歹明白自己的立場不可能做得到。」

莉娜拚命鼓舞自己被巴藍斯冷淡視線瞪得差點受挫的心。

「為了平安救出他們，下官不打算花太多時間。」

「妳要怎麼查出他們被拘留的地點？現在連對方是誰都不知道啊？」

「……下官會在當地找人協助。」

說出這句話需要勇氣。若是從惡意角度解釋，這句話會讓莉娜被冠上串通日本政府或武裝勢力的嫌疑。

莉娜就是這麼拚命想救出希兒薇雅。

「喔……妳有這種管道？」

「——下官在上次的任務認識了高階的忍術師。雖然當初是敵對關係，但在最後和解了。」

「是貴官報告書提到的『八雲僧侶』嗎？」

「是的。」

「要怎麼請這個人協助？如果能以金錢解決，這邊也不會排斥和他交涉，但他自稱是『隱世之人』吧？」

「這……」

「假設可以得到八雲僧侶的協助也一樣。」

巴藍斯起身走到莉娜面前。

「不能派遣貴官出國。去年的任務是例外中的例外。」

「……是。」

「別擔心。」

巴藍斯將手放在莉娜肩膀。

掌心傳來的溫度，絕對不是表面上的溫暖。

「你們STARS是直屬於參謀總部的軍人。參謀總部不會對派遣部隊見死不救，一定會救出他們。我就是為此來開會的。」

在隔著太平洋的新墨西哥開會幾百次，也無法救出在日本被捕的希兒薇雅。

「拜託上校了。」

即使如此心想，受到軍方秩序束縛的莉娜，依然不得不以這句話打退堂鼓。

這時候，她的腦海不知為何浮現達也的話語。

『如果莉娜想從STARS退役……』

『如果妳想辭職不當軍人，我想我幫得上忙。』

合作打倒寄生物的那一晚。

達也說出像是希望莉娜辭去軍職的話語。

語氣像是確信莉娜不適合從軍。

即使是自己的事，莉娜也無法理解自己為何想起這種事。

【4】

魔法大學的教育內容特殊，但是校園氣氛和其他大學沒什麼不同。若要說洋溢獨特的氣息，附設的魔法科高中在這方面的傾向強烈得多。

午後的咖啡廳，因為空堂的學生光顧而熱鬧不已。對話大半不是時尚或美食，而是關於魔法的話題。就算這樣，學生們看起來也很快樂。只要擁有自由，即使身為魔法師，即使身在不平穩的時代，年輕人也不會因此無法揮灑青春。

話是這麼說，但咖啡廳的學生並非全都在熱鬧議論或閒聊。也有人靜靜讀書或是沉思。

比方說，像是獨自煩惱某些事的克人。

「午安，十文字。方便坐這裡嗎？」

而且，會對這種人找麻煩的學生，也不是罕見的類型。

「七草啊。」

不過，十文字家當家身分在大學廣為人知，也醞釀出相應風範的克人，敢打擾他的（？）只有七草真由美一人。

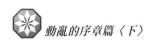

「沒關係。坐吧。」

「那我就恭敬不如從命了。」

真由美毫無客氣的樣子，坐在克人的正對面。

——就是因為採取這種態度，所以「十文字家當家和七草家長女即將訂婚！」這種傳聞不只沒停過還不斷傳開，但真由美明明不喜歡傳出這種謠言，卻沒察覺自己疏於防備。

「十文字，你看起來在煩惱耶。」

「不……」

克人出言否定，同時為難地看向真由美。

這是以視線告知「不要在這裡提這個」。

但是很遺憾，克人的心願沒有傳達給真由美。

「是不是週日會議的事？」

克人眼神不禁左右掃視。頭就這麼固定，以免周圍學生察覺他在警戒。

「放心，我架設隔音力場了。」

不過，真由美似乎沒理解到克人謹慎的原因。

「……七草，妳知道『讀唇術』這項技術嗎？」

「讀唇術？心電感應？」

「……不。總之，麻煩別在這裡提這件事。」

「唔～～」

真由美食指抵著下巴，只有眼神往上移，展現一副做作的態度。即使如此，還是不會給人幼稚的感覺，大概是因為她從骨子裡習得「做作」的技能吧。

「知道了。」

真由美朝克人露出笑容。

克人半基於本能提高警覺。

「那麼，在哪裡提這件事ＯＫ？」

克人的直覺正常運作。

「……妳堅持要插手嗎？」

「這種說法令我深感遺憾。這件事姑且也和我有關係才對吧？別看我這樣，我也是『十師族的新生代』耶？」

「……知道了。知道站前有一間叫作『寂存』的咖啡廳吧？」

「應該知道。」

「五點半約在那間店的二樓如何？」

「知道了。抱歉打擾你，所以我先離開吧。」

真由美說完離席。

到這個時候，克人才後知後覺發現真由美面前沒擺飲料或任何餐點。

從大學回程的路上，真由美來到外觀古色古香的咖啡廳。店名是「寂存」。意思似乎是「寂靜存在的場所」。

「嗯……『喜歡寧靜的客人，等您入座』啊。營造氣氛嗎？做得真徹底耶。」

「是啊……」

一個聲音不以為意般回應。真由美不是一個人來。

「摩利，怎麼了？妳好像很累？」

「不是好像，我真的很累。」

「老得太快了吧？」

「防衛大學和魔法大學不一樣，常常會壓榨身體啦！」

防衛大學的學生，如果就讀的是用來培育戰鬥魔法師的特殊戰技研究系，就免不了各種基本教練與戰鬥訓練。今天摩利也接受魔鬼訓練，老實說已經精疲力盡。其實她想立刻洗完澡撲進被窩。特殊戰技研究系不必參與綁手綁腳的宿舍生活，得以這樣奢侈一下。

「不提這個，快進去吧。有重要的事情要談吧？」

真由美心想，摩利似乎想早點坐下。

「也對。」

妳這樣很像大媽……真由美自重沒說出這句話。

真由美向女服務生告知和別人有約，隨即被引導前往二樓。看來克人已經到了。

二樓是四間包廂。四間的門都關著。設計上並沒有窺視用的小窗。是哪一間？真由美不知所措的時候，右方深處的門開了。

「七草，進來吧。」

克人邀兩人入內。

真由美與摩利從幫忙按著門的克人旁邊經過，進入包廂。

裡面是一張四人桌。咖啡廳這樣設計的容客率不好吧？真由美如此心想，但仔細看就發現窗戶是雙層玻璃，牆壁與地板也是隔音材質。看來這裡是密談空間。應該會個別收取包廂費吧。真由美如此說服自己。

「渡邊也來了嗎……」

克人邀兩人就坐，在自己也坐下的同時輕聲嘆息。

「這件事我不想傳得太開。」

「那麼，我可以回去嗎？我是被真由美強行拖來的。」

這不是耍心機，摩利真的微微起身。

「不行啦。我說過這是很重要的事吧？」

但是真由美拉住摩利衣袖，再度強迫她與會。

摩利不情不願地以桌面控制器點咖啡。接著真由美點奶茶。飲料到齊，女服務生離開之後，真由美重新和克人正面相對。

「那麼……讓你頭痛的是達也學弟的事吧？」

「沒錯。」

克人很乾脆地點頭回應真由美這個問題。大概認為隱瞞也沒用吧。

是什麼事？摩利頭上冒出問號。只是她沒有急著詢問。摩利認為反正自己無論是否願意都會被捲入，所以決定等待。

「我想摩利不知道，上週日集結十師族的新生代開了一場會議。雖說是新生代，但年齡上限是三十歲就是了。」

「我知道有舉辦這場會議。會中討論的是如何因應衝著魔法師來的激進派吧？」

「不是討論激進派的對策。」

克人以透露疲勞感的聲音，否定摩利此一回答的某些部分。

「那場會議討論的是身為魔法師，要如何應對社會的反魔法主義風潮。」

「這……不是沒意義嗎？如果對方是罪犯就有方法反擊，不過對方只是亂講話，我們沒辦法強迫他們『喜歡魔法師』吧？」

摩利雖出身百家，卻和魔法師社群的主流脫節。和魔法師社交界的「魔法界」鮮少來往，因此她的價值觀比起真由美他們偏向於一般軍人。

「雖然不能強迫，但是可以宣傳吧？讓大家知道魔法師對社會造成多大的貢獻，應該可以減輕反感吧？」

「很難說。感覺他們會認為強詞奪理，反而更加反彈。」

真由美與摩利的議論恐怕會陷入無限迴圈的時候，克人出言制止。

「或許渡邊說的沒錯，不過在前幾天的會議，有人提出和七草相同的點子，得到許多人的贊同。」

「嗯……哎，這個點子應該可行吧。不過具體來說要怎麼做？讓真由美上電視發言？」

「摩利！為什麼是我？」

「那還用說，因為妳外在優秀。」

「這是怎樣！想酸我表面工夫做得好？」

「不提理由，會中也有人這樣提議。」

兩人即將吵起來的時候，克人再度介入。

「不過，獲得最多支持的計畫，是請四葉家的下任當家代表魔法師出面。」

「是司波的妹妹……更正，未婚妻吧？她本人有參加那場會議嗎？」

「不。司波是一個人出席。」

「達也同學？啊啊，那就不行。」

摩利一語斷定。不對，是割捨這個計畫。

「那個溺愛未婚妻的達也學弟，不可能讓她做這種事。要司波深雪暴露在眾人目光？達也學弟哪可能答應這種計畫？」

「沒錯，會議正是變成這樣。而且就這麼維持尷尬的氣氛散會。達也學弟也沒參加後續的聚餐，集與會者的反感於一身。」

真由美這番話，令摩利露出意外般的表情。

「所有人？沒人發表意見擁護達也學弟？」

「與會者沒人表態站在司波這邊。」

克人回答之後，摩利表情難看到像是隨時會咂嘴。

「同儕壓力嗎？真不健全。從這一點來看，就會覺得魔法師也是普通人。」

「這不是當然的嗎？魔法師只是會使用魔法，其他部分不過是凡人。」

「我即使贊成推舉四葉的下任當家出面，也認為反對的司波講得有道理。」

克人將差點離題的討論方向拉回來。

「問題在於司波孤立之後，四葉家可能改走不合作的路線。」

「喂喂喂，再怎麼說，也不會搞得像是小孩吵架引來家長出面吧……」

「摩利，現在的達也學弟是四葉家下任當家的未婚夫，也是四葉家當家的兒子喔。十文字說的絕對不誇張。」

摩利上半身靠在椅背，嘆出長長的一口氣。

「真麻煩……完全是貴族政治的世界。」

「既然血統具備實質上的意義，就難免出現貴族制的一面。但我想相信這不是封建的階級社會，是近似古代都市國家那種血族合議制的社會。」

「就我來說，這樣更不好。因為古代都市國家社會是以奴隸存在為前提。」

「哎呀，只要把古代的奴隸替換成自動機械，至少就不殘忍了吧？」

「七草、渡邊，適可而止吧。動不動就離題的話，很難討論下去。」

「……抱歉。」

「……對不起。」

兩人尷尬低頭。這樣的老友當前，克人輕輕嘆了口氣。

「總之，司波看起來被二十八家其他人孤立的現狀，非得想辦法解決。日本魔法界現在是以十師族為頂點整合，但總有人看不順眼。」

「要是四葉家叛離十師族體制，會有人企圖拱立那一家成立新派系……十文字，你最擔心的就是這件事吧。」

克人面有難色點頭回應真由美的詢問。

「就算這麼說，這也不能要求其中一方道歉。彼此並不是違反什麼規定。司波與其他人都是依照會議主旨發言，按照道理行動。」

克人依序看向真由美與摩利。

「難得有這個機會，說說妳們的意見吧。」

「這個嘛……」

回答克人這個問題的是摩利。

「既然問題在於會議看似決裂，那要不要再舉辦一次？」

摩利的提議出乎克人的意料。

克人默默注視摩利。此時真由美插嘴了。

「究竟要用什麼名目？」

「那是反魔法主義對策的會議吧？既然這樣，這次就當成彼此提出具體對策的會議就好。」

「這次的結果明明像是不歡而散……各家會配合嗎？」

「正因為不歡而散才要這麼做。週日的那場會議，表面上是十文字家主辦的吧？」

摩利看向克人。

克人回答「嗯，沒錯」點了點頭。

「原本就是要決定具體對策的會議嗎？」

「不，由於也是第一次，所以主旨是自由交換意見。」

「換句話說，真正的目的是安排新生代交流……至少與會者行動的時候，應該像這樣揣測到背後的意圖吧？」

「哎……說得也是。」

真由美的附和帶著嘆息，大概是暗自感嘆自己的哥哥沒想這麼多，完全跳過加深交情的步驟吧。

「在這種場合提議將四葉的下任當家當成宣傳工具，我反倒無法理解這種人在想什麼。這樣像是基地成員建議由基地司令的女兒擔任代言人宣傳基地。當事人想這麼做就算了，要是連當事人的意願都沒確認，這肯定是會被下放到其他單位的事件。我真想叫這個人察言觀色一點。」

摩利拿軍方生態來比喻，不過真由美與克人都能理解她的意思。

「不過，察言觀色這個要求，也可以用在達也學弟身上。以四葉家的實力，事後想翻盤幾次應該都沒問題，卻傻呼呼地當面反駁。他在這種地方還是個孩子吧。」

「達也學弟是……孩子？」

感覺過於突兀，真由美半脫口出言反駁。

「不，司波應該是故意反駁的。四葉以外的二十七家對我反感，我也不在乎。我覺得他像是這樣表態。」

「這就又……既然這樣，應該是達也學弟要先讓步。」

「也對……即使召開下次會議，要是達也學弟缺席，不只是沒意義，還會造成反效果。」

克人輕輕「嗯……」一聲之後沉思。他也認為若能引導達也妥協是最好的結果，卻想不到方法與名義。

「要不要我們三人去說服他？」

察覺克人這個煩惱的真由美，突然這麼提議。

「我們三人？」

「對。拜託達也學弟給十文字一個面子。這樣他應該也方便答應吧？」

「……不需要我吧？」

「什麼嘛，妳這朋友真不值得交。」

「不是啦，到頭來，我又不是二十八家……」

摩利透露出抗拒，應該說困惑的模樣，說出頗有道理的意見。

原本（看似）鼓起臉頰一臉鬧彆扭的真由美，變成像是央求的表情。

「別講這種話啦～十文字和達也學弟的對談，我沒辦法單獨在場見證。」

「真由美，妳喔……」

摩利按著額頭嘆氣。

「……算了。送佛送到西。十文字，你也同意這樣吧？」

摩利所說「這樣」能指的事情太多，克人一時無法回答。

「會議不歡而散，使得十文字家丟盡面子。雖然不知道達也學弟怎麼想，但其他與會者肯定在意。」

摩利說完，真由美露出「對喔！」的表情。

「所以如果由你發出邀請函製造再度討論的機會，其他家就不得不答應。」

「而且如真由美所說，達也學弟由我們三人說服。不，是以十文字的名譽當擋箭牌，由我與真由美說服達也學弟，可以的話一起說服他的未婚妻。」

「深雪學妹？」

「司波的未婚妻……啊啊，實在很拗口。會議是因為討論到司波原本的妹妹才起摩擦吧？那她不就是當事人了？而且我認為達也學弟和原本的妹妹在一起，也會比較願意成熟應對喔。也就是態度會比較穩健。」

「也對……達也學弟由我連絡。十文字，這樣可以嗎？」

「嗯。拜託了。」

「見面的日期，可以的話選週六。非假日很累。」

「不用選週日嗎？」

真由美以調侃的語氣詢問摩利。

「下週日是野外演習的出發日。」

「……真是精實耶。」

但她聽完好友的回應就顯露同情之意。

「託妳的福。」

真由美與克人苦笑。這是明白的暗號。

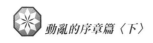

除了魔法科高中施行的魔法師教育，深雪也以淑女教育之名學習各種才藝。從歐日禮儀講座到舞蹈、插花、茶道等等，雖然種類繁多，不過記性好的深雪在國中畢業時大多已精通，所以現在只有每週去一次上流階級子女適用的綜合學校。

沒有固定星期幾。課表預先在一個月前就決定，所以或許沒什麼意義，但這是為了避免成為綁架之類的對象。這與其說是為了深雪的特別措施，真要說的話是為了其他不是魔法師的無力學生採取的措施。

「水波，拜託了。」

「是，達也大人。即使賠上性命，屬下也會保護深雪大人。」

學校是男生止步。達也即使以護衛名義也進不去。之前是在這處入口和學校警衛交接護衛工作，自從水波來了就交給她保護深雪。

來這所學校上課的行程，也預定在入夏之前結束。由於要考魔法大學，所以之前就想這麼做了，但在身邊的危險氣息逐漸增加的狀況下，也要考慮提前結束課程。

達也一如往常隨便找一間咖啡廳進入，打發時間等深雪下課。發生吸血鬼騷動那時候，差點為一間適合家庭聚餐的餐廳添麻煩，所以達也現在主動避免接近那裡，但還是有其他適合消磨等待時間的店。

——不過照這樣下去，這個區域快要沒有能夠利用的店了。

達也咖啡喝不到一半，就以自動機結帳離店。這是為了避免波及咖啡廳。上次也沒有發生玻璃破裂或其他顧客受傷的實際損害。這次達也同樣打算只在「當事人」的範圍收拾事件。他的知覺偵測到的氣息也和上次很像。要不是事前聽八雲說明，達也或許會被疑惑牽制。會質疑自己為什麼又遭受美軍魔法師襲擊。

◇　◇　◇

『逃兵已捕捉到目標A。』

「繼續監視。引導平民離開的程序沒疏失吧？」

『作戰區域沒有平民身影。』

遠山司聆聽當地人員和長官的對話，靜靜微笑。

作戰目前順利進行。

（「傀儡」的操控目前也沒問題。可惜傀儡法對衛星級無效，但以結果來說，這些人的「重現度」比較高，所以不計較吧。）

這個作戰是司規劃的。在場負責指揮的上司階級是少尉，但掌握實質權限的是階級只到士官長的司。透過國防軍與十山家的密約，司對情報部部長擁有強大的影響力。

司刻意重現去年二月，莉娜帶著布里歐奈克襲擊達也時的狀況。這是為了讓達也誤認是當時的翻版。目前看起來進行得很順利。

（這次沒有千葉修次這個幫手，相對的，安吉·希利鄔斯這顆重要棋子也不在棋盤上，所以這盤棋的結果應該一樣吧……四葉家的少主，期待你的表現喔。）

和掛在臉上的微笑相同，司心平氣和等待事態進展。

◇　◇　◇

（敵方共十二人，沒拿槍嗎……不太自然。）

達也透過情報體次元，閱覽包圍他的敵人情報。

（看來和去年一樣是「STARDUST」，但是情報體混入奇怪的雜訊。）

情報體似曾相識，是處於損壞邊緣的肉體。但是有雜訊，推測是從外部射入想子情報體的痕跡。

（和顧傑的屍體操作魔法很像……但這些人不是屍體。與其說是使用心靈控制，更像是以外科手術或藥物破壞大腦剝奪意識，植入控制行動的古式魔法指令……大概是這樣嗎？）

真遺憾。達也無聲低語。

（為了「今後」著想，我很想讓他們平安回去就是了。）

八雲告知兩個情報。

第一、國防軍的情報部要襲擊潛入東京近郊的ＵＳＮＡ軍特務部隊。

第二、情報部計畫利用逮捕到的美軍士兵，找達也與深雪的麻煩。

情報部騷擾兩人是基於什麼目的？還是想知道什麼情報？八雲沒說明。

達也也沒有硬是問到底。因為這原本是無從得知的情報，光是知道有這個襲擊計畫就算是一種作弊。但這不是要求公正的考試，所以他也不認為作弊是錯的。

達也朝著人多的方向行走。並不是想殃及無辜的人，是在挑釁打造這個狀況的對方。

達也一離店就察覺沒有行人。大概是謊稱施工或意外而管制通行吧。也就是說，即使是情報部也會對於殃及國民感到躊躇。

所以如果達也主動朝著無辜市民較多的方向走，對方應該會在他接近人群之前下手。達也打算將衝突時間提前，擾亂「敵方」的計畫。

敵方果然如八雲說的是國防軍情報部嗎？還是八雲說了謊？

對於達也來說，這個問題比戰鬥本身重要。

◇◇◇

「目標A的行進方向有許多人影。隊長，這樣下去可能無法充分隔離平民。」

作戰人員分析來自現場的情報，如此提醒少尉指揮官。

「……不得已了，讓傀儡下手！」

隊長以情非得已的表情下令。

靜心觀察作戰推移的司也略感不滿。

事態逐漸脫離預定的軌道。至今掌握在自己手心的狀況即將離手。

不過，內心也同時產生「正因如此才值得一試」的想法。至少已經知道司波達也這名少年不是「無論如何都要保護平民」的理想主義者。

「傀儡接觸目標Ａ。作戰進入第二階段。」

蓄意放任脫逃的美軍士兵朝著目標Ａ，也就是朝著達也發動攻擊。

他們是被古式魔法「傀儡法」剝奪自由意識，成為司作戰棋子的ＵＳＮＡ軍統合參謀總部直屬魔法師部隊「STARDUST」的隊員們。沒獲選為STARS，自願接受強化措施，拋棄「普通人」身分的魔法士兵，如今連自我意志都被改造，就這麼受命襲擊達也。

（不使用「射擊武器」嗎？）

透過「正規後門」以市區監視器觀察這幅光景的司，對於達也沒使用遠距離魔法迎擊略感驚訝。

雖說達也的體格以日本人的標準算是很好，但現在襲擊他的美軍士兵們，身高與壯碩程度都匹敵甚至勝過達也。而且達也是以寡擊眾，即使沒這個打算，一般來說也會反射性地使用遠距離攻擊阻止對方接近。

（他察覺自己被觀察……？）

這個可能性高到不能忽視。慣於在市區違法使用魔法的魔法師，行使魔法時感應外部監視眼線的直覺也會愈練愈敏銳。雖然沒有科學根據，但一般相信有這種傾向。司也是支持這個「迷信」的一人。

（情報部資料庫沒留下記錄，但是應該判斷司波達也很可能已經參與四葉家的非法活動。）

司如此心想時，達也已經在清場的道路上，和化為傀儡的STARDUST實際開打。

傀儡犀利揮動大型刀，目標是達也手臂肌腱。這是為了活用人數優勢，先剝奪對方戰鬥力的戰法。

情報部沒配槍給傀儡。這是擔心流彈傷到外人。

既然雙方都沒以魔法當成攻擊手段，戰鬥必然成為使用利器、鈍器或拳腳的近身戰。但是達也與STARDUST都是魔法師。STARDUST雖然成為傀儡，卻沒失去魔法技能，也可能演變成在拳腳搆不到的距離以魔法互擊，反倒是司以及其他情報部人員都預測會變成這個結果。

然而實際一看，第一招攻擊是揮刀一砍。只不過並非完全沒使用魔法。傀儡揮刀的動作以魔法加速。

這記攻擊沒命中達也。以市區監視器從第三方角度觀看的司，也沒看清楚達也如何繞到傀儡背後。要是攻擊達也的傀儡還殘留人類意識，應該會心想「幾時繞過去的？」而驚愕吧。

達也的手刀敲向傀儡後頸。

傀儡的身體像是演戲般脫力往前倒。

司迅速看向和市區監視器一起設置的想子感應器螢幕。

沒有檢測出使用魔法的跡象。

（……看來有某種不被想子感應器檢測也能使用魔法的技術。）

只以手刀打向後頸就剝奪對方意識。一般來說不可能做得到這種事。除非以強到造成後遺症的威力重擊，或是使用特殊的技術。

沒有蓄力的預備動作，就使出一招打昏人的招式。與其假設高三少年具備這種體術，認定他擁有騙過感應器的技術，比較符合四葉家魔法師的形象。司是這麼認為的。

同伴被打倒，但逃兵沒被這幅光景嚇到，繼續襲擊達也。不是因為成為傀儡而不知恐懼為何物。司使用的傀儡法只是剝奪自由意志，植入命令的魔法。即使刪除忠誠心或歸屬感，也無法連恐懼這種自保的心理機能都刪除。他們不知恐懼為何物的原因，在於STARDUST不只是身體，連精神都接受改造。

司不認為這是殘忍的做法。畢竟她也使用將人類化為傀儡的魔法，而且將他人洗腦恣意控制的行徑，在她所屬的「業界」所有人都在做。

她這時候蹙眉是基於另一個原因。

畫面中的達也是一對十二，不，已經是一對九，即使單獨被許多人包圍，處於這種壓倒性不利的狀況，接受洗腦魔法化為傀儡的士兵依然被他打得接連倒地。

「隊長，要是繼續這樣下去，分隊還沒接觸目標B，目標A就已經脫離掌控了！」

看來其他人員也幾乎和她在同一時間察覺這一點。

去年二月，美軍派出STARDUST以及推測是安吉．希利鄔斯的魔法師，以這樣的陣容企圖抓走達也卻失敗。

知道這件事的情報部，不只是司，所有人都不認為光靠STARDUST就能制服達也。

傀儡在這個局面的職責是牽制達也。真正的目標是另一個。司的目的是收集達也的情報，但重頭戲不在這裡。取得達也戰鬥能力的資料當成暖身或許有其意義，但司真正想知道的是其他的情報。

「要求攻擊目標B的小組加速行動。」

「傀儡全軍覆沒。目標A脫離作戰區域。」

隊長下令作戰提前的下一秒，還剩下的四名美軍士兵一起失去行動能力。

司對達也格鬥能力的評價，從事前的預測提升兩級。

想子感應器直到最後都沒檢測出達也使用魔法。

◇　◇　◇

深雪就讀的禮儀學校盡是好人家子女。換個俗氣一點的說法，就讀這裡的盡是能夠負擔高額學費的上流階級千金。

保全因應這裡的需求相當森嚴。受雇女性的幹練程度，至少民間的犯罪組織無從下手。所以即使是做過各種虧心事的家長（並非所有人都是如此），也接受「男生止步」這個時代錯誤的規則，將女兒送進這裡。

不過，這個「安全神話」在今晚迎接崩壞的一刻。

「各位，請冷靜！」

比學生還慌張的講師，在刺耳的警報聲中大喊。

「請依照緊急狀況的教戰守則，前往安全室避難！安全室沒有危險。請冷靜儘速避難！」

比任何人都必須先冷靜的人，應該是大喊的女性講師吧。

十名學生（不是總共十名，是今晚湊巧十名）各自和自家雇用的護衛打耳語。學生之中的魔法師，除了深雪就只剩一人，但護衛都是魔法師。水波以外的護衛年紀從二十歲到三十五歲，怎麼看都比講師可靠。

「深雪大人，您意下如何？」

「待在安全室，我只看見成為甕中鱉的未來。」

深雪露出為難的笑容。

「雖然這麼說，如果只有我們擅自行動，也會造成學校各位師生的困擾……這裡就乖乖聽從老師的指示吧。必要的話由妳防守入口就好。只要撐到達也大人前來迎接，應該易如反掌吧？」

「只須您一聲令下。」

決定怎麼做之後，深雪的行動速度就很快。她對身旁的學生說：「我們走吧？」不等回應就沿著既定路線前往安全室。

深雪由水波帶路前進，她身後依序跟著其他學生與護衛，接著是講師。

警衛們英勇善戰。至少就深雪看來是如此。演變成現在的狀況，只是因為對方技高一籌。

在途中的通道，電擊從側邊襲擊，由水波的護盾擋下。不是憑空放電，是射出極細鋼絲再讓電流傳導過來，這是以反物資護壁阻止電擊之後知道的真相。

「水波，妳觀察得很仔細喔。了不起。」

「不敢當。」

深雪稱讚的原因，在於水波不以反電擊護壁，而是以反物資護壁擋下剛才的攻擊。看透敵方魔法的性質，毫不浪費地使用合適的防禦術式。魔法師由此展現的精湛功力，和行使高難度的魔法不同。

跟在後方的護衛魔法師，投以驚愕與認同的視線。

對於水波的年齡感到驚愕。

對於深雪的身分感到認同。

驚訝於水波擁有和年齡不符的實力，想到她肩負四葉家下任當家護衛職責的事實，就覺得她擁有高超功力也是理所當然而認同。

其他「大小姐」的護衛也不是在玩樂。非法入侵者不只從前方接近。通道幾乎沒有岔路，不用擔心敵人從側邊襲擊，但是後方不只一兩次有魔法射過來。

波。

「負責殿後的是哪一家的人？我不記得見過她們。水波，妳知道嗎？」

深雪回頭看向最後面，視線落在正在防禦入侵者攻擊，年約二十歲的兩名女性，並且詢問水波。

「聽說是網島大人。護衛自稱津永小姐。」

「網島小姐與津永小姐……不好意思，我沒印象。」

雖然比不上達也，但深雪記性也很好。在同一間教室上課的學生名字，她基本上不會忘記，在魔法師的圈子裡，只要是百家的姓氏，她也大致記得。

「津永小姐說，他們最近才開始來這裡就讀。」

「這樣啊……突然就遭遇這種意外，真同情她們。」

只聽對話會覺得很悠哉，但兩人是一邊擊退突然出現的入侵者，一邊以後頭跟得上的速度奔跑。

隊伍由深雪與水波帶頭開路，網島與津永殿後保護，學生們（含護衛與講師）抵達安全室。

深雪與水波站在門前，等待最後方一邊反擊入侵者一邊跑過來的網島千金與護衛津久。並不是自詡要盡到貴族義務。只是因為深雪事實上比這裡所有人都強。比護衛魔法師或是非法入侵的歹徒還強。

水波從包包取出手機造型的ＣＡＤ遞給深雪。至今深雪使用的是旁人看不出來帶在身上的完全思考操作型CAD。

深雪露出微笑，接過熟練使用的CAD開機，指尖在面板滑動。

逃過來的學生與護衛背後，皮膚分別微黑與黝黑的兩名男性準備使用魔法，卻被震到後方。

深雪發動魔法的延遲時間低於認知極限。

壓倒性的魔法力，使得綱島千金不禁愣在原地。但她在津永催促之下，順利跑進安全室。

新的入侵者出現在走廊另一頭。究竟多少人跑進來？深雪皺眉心想，再度開始操作CAD。

想子雜訊從天而降。

黃銅色的戒指，反射走廊間接照明的光線。

非法入侵者使用了「演算干擾」。

「深雪大人！」

水波作勢要走到深雪面前。她右手握著小型卻設計精良的戰鬥刀。

「水波，不用擔心，沒事的。」

水波難受地板起臉，一旁的深雪面不改色。

「達也大人賜給我的新魔法，剛好趁這個機會測試一下。」

兩名魁梧男性沿走廊衝過來。深雪毫不畏懼與之對峙，迅速操作CAD連續發動兩個魔法。

這一瞬間，想子雜訊「凍結」了。

在想子波完全平息的空間，這次輪到兩名男性凍結。

不是結冰，是動作完全停止的「凍結」。大漢們別說保護動作，連伸手撐住都做不到就重摔在地，深雪不禁板起臉，一旁的水波則是驚愕地睜大雙眼。

不是驚訝於瞬間癱瘓兩名魔法師的魔法。是在這之前所使用，妨礙魔法發動的想子雜訊因而「停止」的魔法。

「演算干擾」是現在實用化的魔法妨礙手段之中，效果最好的一種。

雖然需要名為「晶陽石」的稀有礦物（不是天然礦物，是人工產物，推測是超古代文明的遺物），不過只要有這個物品，即使是無法使用魔法的人，也幾乎能夠確實妨礙魔法發動。

不是魔法師的人們，用來對抗魔法師的最強武器。

深雪反過來讓「演算干擾」失效。

「對抗魔法『術式凍結』。這是哥哥……更正，是達也大人為我發明的對抗魔法。雖然不像『術式解體』或『術式解散』能破解所有魔法，但要對付『演算干擾』綽綽有餘。」

雖然沒顯露在表情，但深雪心情應該很興奮吧。亢奮到在像是歌唱的低語，不小心將達也稱為「哥哥」。

「術式凍結」是領域干涉的強化版。可以癱瘓的魔法包括無系統魔法、領域魔法，以及正在發動的魔法。以個體為對象而且已經發動完畢的魔法就無法消除，但如果是無系統魔法亞種的

「演算干擾」，就如深雪所說可以完全癱瘓。

「剩下的……不到十人。大概八人吧？」

「屬下也這麼認為。」

水波點頭回應深雪這個比較像是確認的詢問。

「那麼……之後就交給警衛們，我們等達也大人抵達吧。」

「遵命。」

深雪與水波也進入安全室。

深雪坐在遠離牆邊擺放的一張沙發，但水波在上鎖的門前待命，以便隨時發動護壁魔法。

◇　◇　◇

達也抵達學校的時間點，從遭受襲擊開始計算約十分鐘左右。大約是深雪進入安全室避難的五分鐘後。

達也並不是收到學校遇襲的通知。非法入侵者妨礙通訊的程度很完美，情報部沒參與的話，不可能達到這種水準。

八雲沒有提供「深雪成為下手目標」的情報。

也不是因為達也從自己遇襲的敵人強度，推理出這是聲東擊西的作戰。

達也之所以來到這裡，在於「確保深雪的安全」是他的最優先事項。

校內已經不再進行戰鬥。

但是，歹徒以暴力手段入侵是一目瞭然的。

只不過，達也見狀也毫不慌張。他不必以肉眼觀看就知道深雪毫髮無傷。「隨時守護著她」就是這麼回事。

深雪位於何處，達也光是將注意力集中在「情報」就知道。同時他也得知複數氣息位於深雪周邊約十公尺範圍的區域。

以「精靈之眼」得知深雪所在的位置。

以解讀氣息的技術查出入侵者的位置。

說到情報的精確度，前者遠超過後者，但是在沒有好好隱藏氣息的這個狀態不可能誤判。

達也毫不畏縮地進入男生止步，如今卻慘遭踐踏的花園。

◇　◇　◇

（雖然各方面和預定計畫不符，不過終於進入重頭戲了。）

司看著入侵學校監視器取得的影像，命令自己加把勁。

覺得自己的心像是旁觀者的扭曲認知。只具備稀薄的人格同一性，連進食、睡眠這種維持自己生命所需的行動都會粗心忘記，是身為人類的缺陷。

這是十山家獲得力量的代價。

派往學校的不只是以美軍STARDUST改造的傀儡，還包括她的私人部下。

「隊長。」

「士官長，什麼事？」

「我想進入管制程序。方便離席嗎？」

「——知道了。我准。」

指揮官少尉疑惑蹙眉，但他想起長官派他出這個任務時囑咐過的事，准許司離開。

長官對少尉這麼說：「對於遠山士官長的要求，要儘可能給她一個方便。」

與其聽她提出「破壞司令系統」這種蠻橫的要求，讓她離開比較好。

少尉決定趁著司如此要求，將她趕出這裡。

「謝謝。」

不確定司是否知道自己被當成礙事的傢伙，她做出嚴肅表情向少尉敬禮。

◇　◇　◇

達也不知道深雪躲的房間是安全室，但他推測應該是這種房間。就算這麼說，也不構成讓他放心的理由。達也無視倒在走廊的警衛，前往安全室。

途中沒遭遇敵人。

襲擊學校的人們試圖撬開安全室堅固的門。

達也無聲無息朝地面一蹬。

不是往上跳，是如同滑行般接近入侵者。

敵方在彼此距離近到伸手可及的前一刻察覺達也。

之所以不慌不忙，大概是精神被調整過吧。

入侵者準備使用身為STARDUST學習到的技能。

原本要對門板施放的移動魔法，目標對象切換為達也。

這個魔法還沒發動，達也就射出右手緊捏的想子砲彈。

這是去年二月遭受美軍襲擊時還沒使用純熟的技術——穿甲想子彈。

原本是為了對情報生命體「寄生物」的主體造成打擊而發明的技術，但現在大多用來攻擊人體內的想子情報體。效果強到適用於以堅固想子鎧甲反彈他人魔法的十三束鋼。

想子密度不如十三束的STARDUST，彷彿被大口徑子彈命中胸口，向後仰摔個四腳朝天。

想子不會受到物理的打擊力。但是不只是人類，所有動物體內都以描繪身體構造的方式形成想子網路。正因如此，操作想子可以讓自己身體的行動速度比神經的反應速度還快。

達也接連發射壓縮密實的想子砲彈。若是擁有看得見想子的視力，大概會看見他的手心射出發光的能量球吧。

仿造軀體的想子情報體受到打擊時，人類的精神會誤以為真的遭到攻擊，命令軀體重現「本應受到」的傷害。實際上，無系統魔法就有類似的術式，就是名為「幻衝」的魔法。達也不是以「分解」破壞對方軀體，而是選擇以穿甲想子彈剝奪戰力，是為了讓對方誤以為這是「幻衝」的攻擊。

說到為什麼做這種拐彎抹角的事，原因是要瞞過監視的眼線。既然軍方涉案，最好認定室內監視器已被入侵。達也如此判斷。

如果沒聽八雲說明，達也應該會更快解決敵人吧。肯定也不會多費力氣故意偽裝成格鬥戰。由於在直接接觸的前一刻察覺，因此從格鬥戰改成以想子彈攻擊。既然不知道國防軍的意圖，達也希望盡量不要揭露底牌。

門前的入侵者共八人。所有人倒地不起。

達也沒受到反擊，先發制人結束整場戰鬥。如果敵人持槍應該會辛苦一點吧。達也對此感到疑惑。

ＵＳＮＡ的魔法師愛用武裝一體型ＣＡＤ。戰法是將ＣＡＤ組裝進武器，一邊活用武器本身的特性，一邊以魔法提升攻擊力。達也聽說他們尤其喜歡ＣＡＤ和槍枝的組合，實際上在去年的襲擊，STARDUST的首波攻擊也是使用以衝鋒槍為基礎的武裝一體型ＣＡＤ。

他們為什麼沒持槍？既然這個事件和國防軍的單位……推測是情報部有關，讓他們持槍肯定不是難事。這些人是洗腦之後當成免洗工具的別國特務員，即使被警察發現，也只要堅稱不知情就好。

達也覺得這樣不上不下，簡直是對方有所顧慮，避免他陷入苦戰。有種被引入陷阱的不悅感觸。但是既然不知道真相，就無從迴避這個狀況。達也等待深雪等人從內側開門。她們應該正以監視器觀察門外的狀況。

◇◇◇

傀儡全被達也打倒。司在不同於指揮所的房間確認這一點。

安全室內部沒設置監視器。逃進去的四葉家下任當家——深雪與她的護衛在做什麼，司很遺憾地無從得知。

不過，既然門外的入侵者已經解決，她們肯定會打開安全室的門外出。這時候就是機會。

她檢視和自己部下之間建立的魔法線路。

連接狀態良好。

雖然使用「傀儡法」這個古式魔法，但她原本不是干涉人類精神的系統外魔法使用者，始終是第十研出身的十山家魔法師，被植入的魔法是創造虛擬結構物——具體來說就是設立魔法護壁的領域魔法。

即使接上魔法連結，司也無法窺視對方內心。對方的五感情報不會轉傳過來，她也無法直接操作對方的意志。她只知道對方現在在「魔法層面」位於何處，這個連結只能用來確定對方在情報體次元的座標。

但是對於十山家的術士來說，這樣就足夠了，而且也是最重要的東西。

如果需要聲音或影像之類的物理情報，使用無線機器就好。情報部使用的竊聽或偷拍機器，沒有粗劣到遭遇某種程度的障礙物或干擾就不管用。

重點在於發動魔法的關鍵——情報體次元的座標。這無法以電子機器取得。聽說世間有魔法師與魔法輔助系統能將影像情報連結到情報體次元的座標，但司認為這個傳聞不可信。

特化型CAD的瞄準輔助系統，也始終是補強使用者知覺所及範圍的情報。如果擁有直接觀測情報體次元的「精靈之眼」，或許可以從影像情報得出情報體次元的座標。然而即使如此也肯定有極限。人能夠實際感知的距離是有極限的。「無限的寬廣」只存在於抽象觀念，人類認知能力的廣度有限。

無視於物理距離這種牢不可破的現實，只靠著從影像得到的認知，就能將意識聚焦在情報次元的情報體，這種「設計出錯」的人類不可能存在。司將自己的事放在一旁如此心想。

這個想法沒有不便之處。因為十山家獲得的魔法，以及她被賦予的職責，不需要用到只靠影像情報就能瞄準超遠距離目標物的技術。

現在的任務也不需要這種東西。

她將注意力集中在駭入的監視器影像，準備適度支援自己豢養的部下。

◇　◇　◇

達也面前這扇施加復古裝飾的門附有握把，卻是橫向滑動開啟。洋溢玩心的偽裝令達也不禁苦笑。如今倒在走廊的非法入侵者（達也無視於自己也是非法入侵者）將門又推又拉，不過這種做法不可能打得開門。

水波就站在門後。她認出達也，恭敬鞠躬。深雪從後方文雅走來。之所以沒有用跑的，大概是在意他人的目光。

「謝謝您在危急時前來搭救。」

狀況看起來不是很危險，不過這應該是慣用句吧。

「看來平安無事，太好了。」

「多虧達也大人立刻趕來。」

這不是制式客套話，是深雪的真心話。在深雪心中，達也前來救她是既定事項，即使如此，實際看見達也之後，喜悅就逐漸湧上心頭。

最重要的是，達也抵達的時間比她預期的快得多，這令她非常開心。

大概是這份心情藏不住而滲透出來吧。

不是氣勢懾人。應該形容為受到幸福光暈的影響吧。

周圍不知不覺籠罩一股說不出話又動彈不得的氣氛。

在彷彿被關進冰糖般的詛咒中，率先掙脫束縛的是另一組魔法師主從。

「那個，感謝在危急時前來搭救。恕我們失禮，這麼晚才向司波大人道謝。」

恭敬的語氣聽起來有點生硬。隱約給人作戲的印象。

「敝姓綱島。這位是津永。津永小姐，妳也道個謝吧。」

津永在綱島千金的催促之下走向前，如同要介入綱島千金與深雪之間。

達也的身體瞬間從靜止狀態切換為最高速。

他伸手推飛津永的身體。

企圖勒住深雪脖子束縛她的津永翻筋斗倒下。

「不准動！」

「水波！」

綱島與達也同時出聲。

綱島抓住身旁的無辜學生，暗藏的刀子抵在學生頸部。

水波回應達也的呼叫，將深雪拉過來，一個轉身互換位置，將深雪保護在背後。

這就是達也叫水波的目的。

「敢動的話，這個無辜的女生會……」

綱島或許想說「吃不完兜著走」。

然而達也完全無視於她的警告。

他朝著剛才想對深雪動粗的津永使用魔法。

如同玻璃破碎飛散的幻音，不只是深雪與水波聽到。

是魔法護壁損壞的「聲音」。

津永在地上翻滾，同時架設護壁，卻被達也的魔法分解。

雖然沒有顯露在臉上，但達也內心感到不小的疑惑。

剛才推開津永的時候，達也碰觸到的不只是津永的身體。首先，津永瞬間架設的魔法護壁，達也以手心為起點發動分解魔法消除，再以力道較輕的掌打攻擊，同時注入少量的高壓想子流。護壁魔法確實消除，津永的身體被注入達也的想子，肯定無法好好建構魔法。其他魔法師的想子是魔法層面的異物。體內流動的想子和潛意識領域的魔法演算領域是兩種東西，卻並非完全獨立，是以想子網路連結，以便CAD輸出的啟動式經由身體讀入魔法演算領域，要是注入別人的想子，這個異物會讓身體接下來不可能發動魔法。

然而，就這麼倒地不起的津永架設了魔法護壁。從時間順序來看，應該認定是達也注入想子使她摔個四腳朝天之後建構的。雖然並不是身體麻痺就無法使用魔法，但是再怎麼看，津永都不是這麼高明的魔法師。

在內心整理疑點的這段期間，達也並未停止動作。他舉起右手，將捻細的想子流射向依然倒地的津永。

術式解體。

原本是用來吹走魔法式的招式，不過提高想子流的滲透力之後，發揮的效果等同於直接碰觸注入想子。

津永的身體大幅彈跳一次，然後再也不動了。看來已經昏迷。重擊頭部或用力壓迫心臟的做法可能致命，這麼一來善後工作很麻煩，所以達也將術式解體當成「發勁」的強化版使用，看來順利成功了。

達也如此心想時，已經朝綱島踏出腳步。

人質的頸子在流血。但不是噴血，是滲血的程度，只是表皮割傷。看她雖然慌張卻沒有過度用力，不知道是一反外表身經百戰，還是累積專業的訓練。

但是很遺憾，她這麼做毫無意義。

對於達也來說，場中具備人質意義的人只有深雪。即使拿水波的性命當擋箭牌，達也應該也會優先剝奪敵方戰力吧。

總之，水波對上大部分的敵人應該都能自行擊退，而且要是抓深雪當人質，除非擁有能讓魔法失效（不是妨礙發動，是失效）的珍奇法寶，否則肯定會變成冰棒。面對達也的時候使用挾持人質的戰法，肯定稱不上是聰明的選擇。

達也的想子彈即將射向自稱綱島的魔法師。

然而在這個時候，他察覺綱島與人質周圍形成一道魔法護壁。

達也不禁驚訝。

自稱綱島的女性，沒有發動護壁魔法的徵兆。這個魔法師沒有完全隱瞞魔法發動的技術。

（是從哪裡？）

某人在這名女魔法師周圍架設魔法護壁。只有這個可能。

魔法護壁消滅了。

達也的左手碰到綱島的刀。

刀刃在他緊握的手心化為砂塵粉碎。

這些現象都是達也的分解魔法造成的。留在心中的疑問不會妨礙戰鬥。

達也抓住綱島的右手腕往外側扭。

綱島沒反抗，主動蹬地在半空中側翻。

達也放開綱島，將人質拉過來。

將人質扔向後方的水波。

水波抱住踉蹌差點倒地的人質。

綱島著地，達也使出一記側踢。

魔法護壁在他攻擊之前形成。

達也不以為意，將腿伸直。

他的腳即將接觸魔法護壁時，護壁碎散。

達也分別控制魔法與身體，並且踢向綱島胸口。

和剛才對付津永的時候不同，這次已經沒有手下留情。

綱島的心臟停止。心臟震盪。

女魔法師的身體跪倒在地面的同時，達也的雷擊魔法打入她的胸口。

「閃憶演算」編織的微弱電擊恰好發揮除顫器的功能，女魔法師的心臟僥倖取回生命運作的必備機能。

◇◇◇

司在彈性偏硬的椅子上睜開單眼。她的魔法即使睜開雙眼也可以正常使用。不過司覺得盡量稍微阻斷五感較能提升魔法的精度，所以如果不是站在相同戰場，而是朝遠處使用魔法的時候，她基本上會像這樣閉上單眼。

「對方是女性也毫不留情嗎……」

這個小房間是她的個人房。司仗著沒人旁聽，毫不客氣地自言自語。

「話說回來，居然瞬間就消除我的魔法護壁。雖說不是原本的使用方式所以強度下降，但我差點就失去自信了。」

司在臉蛋貼上虛假的微笑，微微搖頭。

「不……這時應該承認他終究是四葉家的魔法師吧。話說回來，破壞我護壁的是什麼魔法？感覺像是魔法式本身被破壞……難道是『術式解散』？」

司再度搖頭。這次是露出有點自嘲的笑。

「……再怎麼樣也不可能吧。那個魔法只可能存在於實驗室，不可能在實戰成功使用。」

只不過，司這段「自嘲」即使是對自己說的，也同時給人置身事外的印象。

「但就算是四葉的魔法師，似乎也無法連待命狀態的魔法都破解。總之……既然能力足以直接影響到距離這麼遠的我，那就已經不在魔法師的範疇了。是超越人類的怪物。」

司的雙眼看向監視器影像。

達也蹲在綱島旁邊。

走廊的監視器朝向安全室深處，卻只拍到達也的背，不知道他在做什麼。

「……超越人類的存在，在這個國家沒有容身之處。如果你是超人的怪物，雖然可憐，不過得請你『消失』。」

不是離開，是消失。

司以平穩到甚至稱得上溫柔的聲音，朝著畫面上的達也如此低語。

◇ ◇ ◇

達也蹲在剛才打倒的女魔法師身旁，摸索魔法的痕跡。

剛才的魔法護壁，不是這名女性打造的。發動那個護壁魔法的魔法師，至少不在這棟建築物裡。

正確指定發動對象的遠距離魔法。首先想到的可能性，就是以這名女性當成魔法的中繼點。將人類當成魔法中繼點的技術雖然罕見，卻不到驚人的程度。在短短兩個月前，達也就看過協助顧傑的古式魔法師將人類主義者的青年設為中繼點使用ＳＢ魔法。

不過，在這名女魔法師身上找不到發出魔法識別訊號的刻印。即使是達也的「眼」也連痕跡都沒看見。

那麼，是使用影像情報查出情報體次元的座標嗎？

技術上可行。不說別人，達也使用的「第三隻眼」就利用平流層監視器或低軌道衛星的影像輔助瞄準。此外，達也現在依然感覺到某個視線透過監視器觀察他。

（架設護壁的魔法師……反查不到。痕跡太稀薄了。）

達也的「精靈之眼」也不是萬能。若是特務員細心避免殘留「情報」的痕跡，達也就很難查出對方身分。投入百分之百的能力或許做得到，但是至少在目前的狀況不可能。

「達也大人？」

深雪擔心地叫了達也一聲。大概是在意他面有難色吧。

「不用擔心。現在的狀況看來就此解決了。」

達也站起來，朝深雪露出笑容。

深雪也回給達也一個微笑。

「水波。」

「是，達也大人。」

水波將成為人質的少女交還給原本的護衛，聽到達也叫她就走到深雪身後。

「幫忙報警。我去找找有沒有人受傷，這段時間，深雪拜託妳了。」

「遵命。請交給在下吧。」

「深雪，我離開一下。」

「好的，達也大人。請保重。」

深雪差點反射性地稱呼達也「哥哥」，但她不動聲色，以成熟的舉止行禮致意。

〔6〕

四月二十日，星期六的放學後。

第一高中的學生會室，沒有學生會長與書記長的身影。

深雪兩天前就知會其他幹部，她今天將和達也請假不來學生會。因為週三晚上接受了真由美想見面談事情的要求。

不過，深雪沒將原因告訴穗香或泉美。泉美是真由美的妹妹所以可能知道，但深雪不清楚要見面談什麼事（或許是必須保密的討論），所以深雪只說有事要忙。

今天穗香也沒來。學生會室裡只有泉美、詩奈，以及風紀委員（也就是外人）香澄。深雪原本提議今天休假，但泉美精神抖擻地回答「沒問題的，請交給我吧」而成為精簡編制。此外真要說的話是理所當然，但水波陪同深雪赴約，所以不在這裡。

香澄、泉美與詩奈從小就認識。學生會室籠罩著完全放鬆（也可以說「懶散」）的氣氛。即使如此，泉美還是認真處理各社團繳交的社團招生週活動報告，詩奈從旁輔助。然後……香澄則是悠哉喝茶。

「泉美，問妳喔。」

在中央桌子托腮側坐的香澄，朝泉美的背後搭話。

「香澄，什麼事？」

泉美沒回頭也沒停下手邊工作，平淡出聲回應。

「司波會長要忙的事情，果然是那個嗎？」

「『那個』是指？」

看來即使是雙胞胎，只靠「那個」或「這個」還是無法讓對話成立。

「妳想想，姊姊今天不是也說要出門嗎？會長與司波學長是不是被姊姊叫去啊？」

泉美停下雙手，從椅子起身。看來工作告一段落。

「大概吧？琵庫希，麻煩給我一杯茶。」

泉美坐到香澄旁邊。相對的，琵庫希從房間角落的椅子說著「遵命」起身。

「當然可能完全是巧合……謝謝。」

最後一句話是對泡茶給她的琵庫希說的。茶杯裡的茶是綠茶。泉美日式與西式都能接受，不過真要說的話，她喜歡西式茶點與日式飲料。

「因為姊姊看起來善於交際，不過只限於來往親近的對象。」

「啊哈，姊姊真的很像貓耶。」

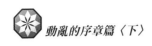

香澄說著喝了一口黑咖啡。她的嗜好比較像男生，應該說不太喜歡甜的。

「沒錯。（不過香澄很像幼犬。）」

泉美沒實際說出後半段，而是藏在心裡。和泉美相互嬉鬧（也可以說單方面捉弄）很好玩，但是詩奈在場，所以泉美為香澄的面子著想而自重。

「而且會長的人際關係好像也不廣。」

「深雪姊姊是女神的化身，所以當然孤傲。」

香澄輕呼「唔哇……」在心中不敢領教。但即使是如此露骨的態度，泉美也完全不在意，反倒以憐憫的目光看向香澄，質疑她為何無法理解。

詩奈一臉困惑地看著這樣的兩人。

「……詩奈也休息一下吧？」

「是啊，一起喘口氣吧。」

「啊，好的，那麼……」

詩奈坐在雙胞胎的正對面。她手上是自己沖泡，加入滿滿蜂蜜的奶茶。詩奈和香澄相反，極度愛吃甜食，但她自己做的點心絕對不會成為太甜的失敗作，所謂的興趣真是不可思議。

「所以，貓咪姊姊和女神會長見面有什麼事？」

「姊姊說是在赤坂的高級餐廳……」

「咦，是嗎？」

泉美以理所當然知道這件事為前提打開話匣子，但香澄第一次聽說。

「是啊。妳會把沒興趣的事當成耳邊風，所以才不記得吧？」

「並不是沒興趣啦！泉美，我真的也聽過這件事？」

大概因為在場都是不必拘謹的好友，即使在校內，香澄的語氣也變得隨便。

「天曉得？」

「居……居然說天曉得……」

「我是直接問姊姊的，妳沒問題嗎？」

如果有興趣肯定會問。香澄正確聽出泉美這句話暗示的意思，因此只能發出「唔唔……」的聲音。

「所以，真由美小姐想找會長與司波學長商量什麼事呢？」

或許稱不上是隨口幫忙解圍，但詩奈這麼問。

「是關於那場會議嗎？」

大概是給詩奈一個面子，泉美看起來決定停止捉弄雙胞胎姊姊。

「妳說的『那場會議』，是上週日的會議？」

「克人先生今天也會去，可能是想責備或拉攏當時搞砸會議的司波學長吧？」

「居然說搞砸，泉美……」

「說得也是。不提內容的對錯，學長的說法不妥當。」

「……泉美，妳和司波學長有什麼過節嗎？」

「沒想到總是把學長當成眼中釘的香澄會問我這種問題。」

「沒當成眼中釘啦！只是有點看不順眼而已！」

（這種態度不就是「當成眼中釘」嗎……）

「妳說了什麼嗎？不是那樣啦！」

泉美沒把剛才那句話說出口。

但是香澄依然如同在正常交談般準確回嘴。

並非偶然的這個反應，讓泉美感覺舒服。

大概是雙胞胎特有的心靈相通吧。有個不用說也能懂的絕對理解者，和孤獨處於兩極的境地。

「不過，我對司波學長也有種種不滿。」

泉美認為應該只有自己「意識到」這一點。香澄大概只是「感覺到」而已。泉美將自己對雙胞胎姊姊的這份小小優越感藏在心底，躲避香澄的矛頭。

「我欣賞他將深雪姊姊放在第一順位的做法，但他明明有餘力顧慮別人卻不伸出援手，洞察力明明足以推理對方的感受卻不肯貼心……一言以蔽之，司波學長這個人不近人情。」

「……嗯，哎，說得也是。」

雖說當事人不在場，但泉美毫不客氣高姿態批判同校學長，使得香澄身體再度往後仰。

「我隱約知道司波學長擁有強大的力量，可是……？」

詩奈反倒將上半身探向泉美。看來即使沒把達也當成異性感興趣，也對這個同樣屬於學生會的學長感興趣。

「似乎具備洞察力喔。沒有同理心就是了。」

「換句話說，就算不知道對方的感受，也能理解對方在想什麼……？」

「如果是這樣，那麼想生氣也氣不起來就是了。」

泉美一臉想嘆氣卻又吞回肚子裡的表情。

「司波學長好像也可以分析我們的心情動向。」

「分析……嗎？不是共鳴？」

「嗯，是分析。而且如果判斷在當下沒必要，就會斷然忽視對方的心情。」

「泉美，這再怎麼樣也講得太過火了……」

「不，司波學長就是這種人。表面看起來只像是有點冷酷，不過只要是和深雪姊姊無關的事情，他就真的是冷血動物。」

雙胞胎妹妹斬釘截鐵地斷言，香澄的臉從剛才就快要抽搐了。

但是詩奈不知為何雙手捧著臉頰，臉蛋紅紅的。

「……詩奈，妳怎麼逕自陶醉起來了？」

「因為，這不是很棒嗎？我好崇拜……」

「啊？」

香澄以為自己聽錯。剛才的對話哪裡有讓少女嚮往的要素？

「因為，司波學長的心只為司波會長而動吧？一名男性願意全心全意奉獻自己……身為女生不會羨慕嗎？」

「是……是嗎？這樣太沉重了，我不太能接受……」

「真是的，香澄太冷酷了喔。」

我冷酷？香澄在內心低語。

香澄冷酷？泉美在內心低語。

「……確實，對方付出心意到這種程度，或許是少女最幸福的事。不提這個，回正題吧。」

「啊，嗯，說得也是。」

泉美謹慎改變話題，香澄如此附和。

看來不只是香澄，泉美的少女情懷指數也不如詩奈。

「說責備或是拉攏可能太過火了，但我認為姊姊想和司波學長他們討論今後該怎麼做。」

「不提姊姊，克人先生好像真的很頭痛。所以姊姊才多管閒事嗎？嗯，有可能。」

「不過，姊姊打算提什麼樣的意見？以司波學長的個性，他在那場會議應該不是不加思索就擺出像是找碴的態度……」

「也就是有所覺悟才槓上其他人嗎？那麼，如今對司波學長說什麼，他都不會聽吧？」

「先不提姊姊說什麼，但我認為學長會聽克人先生的意見喔。畢竟再怎麼說也是十文字家的當家。」

「撇開當家身分，我也認為學長姑且會聽克人先生的意見。不過，十文字家的招牌應該很難派上用場吧？四葉家的實力正如傳聞的話，那他們離開十師族也能過得很好。如果學長的反對是四葉家授意，應該就不可能妥協了。」

「說得也是。我個人也想看深雪姊姊首度在電視上亮相的樣子……不過冷靜想想，拿四葉家的下任當家宣傳真的是異想天開。智一哥哥明明也知道四葉家的實力才對。」

「老哥他不懂司波學長這個人喔。所以才會天真認為只是上個電視沒什麼大不了，不可能因為這種事掀起波瀾。當時要是克人先生阻止……不，這就辦不到了。」

「因為是克人先生啊。」

詩奈一臉詫異看著相互苦笑的雙胞胎，大概是因為她不像香澄她們有那麼多機會親近克人。

「……我莫名擔心起來了。姊姊他們不會又踩到地雷吧？」

香澄突然顯露不安。

「香澄，請不要亂講話。『地雷』是怎樣？」

泉美嘴裡這麼說，但臉色也有點蒼白。

「泉美，妳知道姊姊他們在哪裡見面吧？要不要去看看？」

「就算我們去了，也改變不了什麼……」

泉美搖頭拒絕，但是不只香澄，詩奈也知道她在猶豫。

「或許什麼都做不了，可是……」

「……就算這樣，還是覺得去看看比較好嗎？」

「唔～～……」

香澄與泉美相視苦惱，旁觀的詩奈什麼話都說不出來。

這股停滯被新的訪客打破。

「泉美學妹、詩奈學妹，辛苦了。」

「香澄……妳在做什麼？」

不是正規入口，而是後門。穗香與雫從通往風紀委員會總部的階梯入內。

穗香露出大方的笑容，開口慰勞學妹。

雫卻給人微微蹙眉的印象。

「北山學姊！」

看來香澄比任何人都有這種感覺。她突然起身，擺出幾近立正不動的姿勢。

「這是，那個，我不是在偷懶……！」

「嗯。」

雫冷淡的態度和香澄的慌張成為對比，令旁觀的人也感到緊張。

「我知道妳今天沒排班。只是想說妳們姊妹大眼瞪小眼在做什麼。」

室內洋溢的緊張感消散。香澄緊繃的身體也放鬆力氣。

「所以，在做什麼？和自己一模一樣的臉蛋，讓妳看到入迷？」

「不……不是啦！」

但是香澄立刻再度使力。

「北山學姊！我們不是自戀狂！」

認為必須洗刷汙名的不只是香澄。泉美也站起來抗議。

「自戀？（註：原文為Narcissus）百合？」

雫說出不知道是搞笑還是當真的話語。

「不是啦！」

「Narcissus是水仙！不是百合！」

香澄接在泉美後面大喊。

「水仙不是百合科嗎？」

面對激動的七草姊妹，雫以乾脆到無情的態度移開視線，詢問琵庫希。

「水仙，歸類在百合科，是早期分類中的，克朗奎斯特體系。現代，歸類在，石蒜科。」

琵庫希從資料庫瞬間取出答案，回答雫的問題。

「這樣啊。我搞錯了。琵庫希，可以給我茶嗎？」

「遵命。」

雫若無其事坐在桌旁的座位。

香澄與泉美精疲力盡，攤軟坐下。

溜進真由美包廂的計畫，在瞬間不了了之。

香澄與泉美露出疲態，另外三人神色自若，五人各自喝著茶、咖啡與紅茶的時候，琵庫希忽然走到詩奈身旁。

「詩奈大人。會客室，有客人，外找。」

「客人？」

詩奈連忙回到自己的終端機前面，閱讀校內郵件。

確實收到一封告知客人來訪的郵件。

「琵庫希，謝謝。光井學姊、泉美同學，如妳們聽到的，我方便離開嗎？」

「嗯，可以喔。」

穗香回答詩奈的詢問。泉美也沒有唱反調。

「謝謝。琵庫希，麻煩幫我收拾。」

「遵命。」

詩奈在門前轉過身來。

「那麼，我出發了。」

詩奈彎腰行禮，離開學生會室。

裝著她私人物品的書包，就這麼留在學生會室。

◇　◇　◇

第一高中後方是遼闊的演習樹林。這裡是用來避免在魔法實習時造成周圍民家困擾的場所，所以不遼闊就沒有意義。人工丘陵打造出起起伏伏的地形，還有野外泳池與又長又寬的水道。

現在，一名男學生在這條視野不佳的越野賽道奔跑。

不是單純的跑步。奔跑的他不時轉頭向後，路線看起來是貼著路邊以樹木藏身。

男學生是一年級的矢車侍郎。他在逃離追捕。

雖然這麼說，但不是第一高中又被恐怖分子或兇惡歹徒入侵。

山岳社接受艾莉卡的委託，協助侍郎修行。

包括雷歐在內的十名社員，追捕逃跑的侍郎。

侍郎必須持續奔跑五公里不被追兵抓到。

逃跑路線可以經過任何地方。離開路面穿過樹林也沒關係。

追兵手持玩具刀，要是被刀子碰到就重新來過。

這是艾莉卡給予的過關條件。

聽到這個條件的時候，侍郎保持樂觀態度。

總歸來說，別被玩具刀碰到就好。

即使被追上，只要化解刀子的攻擊，乘隙逃走就不成問題。

但他立刻察覺自己的預測很天真。

追兵手上的刀不只一把。而且即使對方是外行人，要在完全不准反擊的限制下持續躲避攻擊也不容易。

要是脫困花太多時間，追兵立刻會聚集過來。

最重要的是如果雷歐出馬，化解攻擊本身就是難事。

聽說雷歐學習刀劍的資歷，只有橫濱事變之前不到一個月的時間。但他是侍郎至今遇見的對手當中首屈一指的近戰天才。

第三研也有許多現役軍人出入。侍郎在三矢家的安排之下，從小就接受這些軍人的訓練。雖然魔法實力沒有進步，但是近身戰的造詣足以立刻加入國防軍的衝鋒部隊。陪他練武的軍人們如此掛保證，他也抱持著已經變強的自信。

但是侍郎就讀第一高中之後就體認到人外有人。面對艾莉卡毫無招架之力；面對劍術社的相津社長也被恣意整得暈頭轉向；面對被慫恿上陣的副社長齋藤彌生，他挨了不像女生會使出的強烈攻擊，真的被打到半空中。聽說這是彌生名為「虎切」的拿手招式，侍郎即使穿著護具，中這一招的瞬間依然以為自己會死在這裡。

還有西城雷歐赫特。

彼此握著竹劍在道場對峙時，侍郎雖然認為他很強，卻不認為強到天才的程度。當時的印象是比起技術更重視力量與體力，並且以野性直覺凌駕對方的類型。

特色是力量、體力與野性的直覺，這一層印象沒變。但是侍郎在第一場戰鬥就理解到，雷歐的本領不是在平坦的地板上，而是在戶外才能發揮。侍郎被迫以身體理解到，雷歐的主場不是使不能被抓到。

總之，非得徹底逃離。

在第三次起跑的階段，侍郎領悟到這一點。

而且重新開始的次數已經是第六次。

奔跑的距離也將近十公里。

追兵除了雷歐都是輪流上陣。

要是這樣還逃不掉就會倒下。侍郎如此認知到自己的狀態。

侍郎以耳朵捕捉背後進逼過來的穩定腳步聲，離開賽道衝進樹林。

現在的腳步聲是雷歐的。明明跑得和侍郎一樣久，腳步卻完全沒亂。

侍郎一邊對他無止盡的體力感到戰慄，一邊放輕腳步進入樹林深處。

「找到了！」

背後傳來雷歐的聲音。

侍郎心想不妙，加快腳步。

剛才的叫喊是誘使侍郎慌張。不確定他是否真的找到。

但是自己被這個聲音擾亂內心而忘記慎重，無意義地發出了腳步聲。

背後傳來踩踏草地穿越的聲音。

侍郎知道這次真的被發現了。

他捨棄隱密行動，不顧一切地向前跑。

山岳社當成自己地盤使用的林間空地上，侍郎大字形躺著。最後他沒能跑完，用盡力氣。

「侍郎，還好嗎？」

坐在旁邊的雷歐，以聽起來不太擔心的語氣問。

「……還好。」

侍郎處於上氣不接下氣的狀態，頂多只能擠出這兩個字。

「雖然不能給你及格分數，但也沒那麼差。面對山岳社的體力笨蛋，你表現得很好了。」

艾莉卡出言不遜，山岳社的社員沒有出聲抗議。雷歐也是一笑置之。大概因為自覺是「體力笨蛋」吧。

將艾莉卡這番話當成耳邊風的，不只是山岳社社員。

「柴田同學，太接近會危險喔。」

「雖然裡面蓄水所以應該不會受傷，但是素描簿溼掉很麻煩吧？」

打開素描簿素描的美月，回應「說得也是」附和社員們這番話，離開她觀察的洞穴邊緣。

距離水面五公尺深的這個大洞，是就任為新社長（也可以說是被拱出來）的雷歐找學生會交涉之後全新打造的設施。是用來攀岩的峭壁。

基於雷歐的方針，山岳社為了擺脫直到去年的「體能訓練社」、「野外求生社」、「鐵鎬社」等別名，增加了符合社團名稱的活動比重。這也是其中一環。沒參加「捉迷藏」的社員們，現在也興致勃勃地挑戰角度超過垂直面的岩壁。雖然沒有安全索，不過底下是深三公尺，水溫三十度的溫水池，所以摔下去也只會溼透。頂多就是陷入衣服吸水變重，鞋子溼透打滑，爬沒多久就摔下來的無限循環。不過因為有好好的設置梯子，所以不會真的爬不出來。

現在美術社進行的課題是「躍動的肌肉」，完全表現出部分女學生的嗜好。美月在這個題材選擇攀岩，所以前來素描。剛開始，美月每當社員摔下去就發出可愛的尖叫聲，但是經過一小時終究習慣了吧，她愉快素描學生們汗流浹背貼在岩壁呻吟的模樣。

「雷歐。」

差不多也想親自挑戰峭壁的雷歐起身之後，樹林裡傳來叫他的聲音。

「幹比古。真難得看你來這種地方。」

從樹林出現的是幹比古。他即使穿著制服，褲腳與衣襬也幾乎沒弄髒。察覺這一點的社員說出「不愧是社長的朋友」或「風紀委員長果然是破壞常識的一分子」這種微妙的稱讚（？），但是雷歐與艾莉卡不在意。

「我收到報告說有學生倒下，所以來看看。」

幹比古說著，朝著依然倒在地上的侍郎一瞥。

「不過看來沒事。」

緊接著，同時產生數個很想吐槽的氣息。看侍郎這樣哪裡沒事了？山岳社社員很想這麼說，但如果變成「有事」，社團活動就會被記上一筆。他們是為了保身而噤口。

而且，侍郎本人沒有提出異議。

「侍郎，起得來嗎？」

艾莉卡問完，侍郎爬了起來。雖然還有點站不穩，卻還是以志氣支撐身體。

「機會難得，請風紀委員長訓練你吧。Miki，可以拜託你嗎？」

「咦？沒問題嗎？」

艾莉卡這個委託，使得幹比古驚訝睜大雙眼。

「拜託。」

對此，艾莉卡的反應不是回答疑問，而是再度委託。

「如果可以不用魔法，我不介意由我來……」

「這樣就好。」

也就是說，風紀委員長不能率先違反校規擅自使用魔法。總之，這是當然的吧。艾莉卡也從一開始就不打算這樣強人所難的樣子。

「侍郎。吉田委員長就算不用魔法，也是這所學校屈指可數的實力派喔。別妄想打贏，抱著討教的心態上吧。」

「知道了！吉田學長，懇請指教！」

侍郎朝雙腿使力，擺出架式。

幹比古一瞬間露出猶豫的樣子，卻一臉無可奈何的表情（他無可奈何的對象不用說，當然是艾莉卡）解開上衣釦子。

將上衣交給不知何時站在身後的美月。

下一瞬間，幹比古衝到侍郎跟前。

侍郎反射性地揮出正拳，幹比古抓住他的手腕，將伸直的手臂往外翻。

侍郎的身體輕易上浮，摔落地面。

幹比古摔完就鬆手，所以沒傷到侍郎的關節。

起身的侍郎明白這一點，因此這次慎重觀察幹比古的動作。

「為什麼沒趁我脫上衣的時候攻擊？」

幹比古詫異詢問。

自己的天真被指摘，侍郎的注意力轉移過去。

些許的後悔。

幹比古趁著這段意識的空白，再度拉近間距。

來到侍郎右側的他，這次反倒是緩緩抬起左手。

侍郎下巴被幹比古的手臂往上打中，摔個四腳朝天。

幹比古立刻以膝蓋壓住侍郎胸口，以左手封鎖他的右手，右手手指放在他的眼皮上。

侍郎以空著的左手輕拍幹比古膝蓋，表明投降。

幹比古起身背對侍郎。

侍郎試著從後方架住幹比古。

但是幹比古一個轉身，躲開他的手臂。

就這麼將侍郎拉過來壓制，跨坐在他背上，反鎖雙手關節固定。

「哇，好厲害！」

難得看見幹比古的華麗身手，美月拍手表達喜悅之意。

「唔呃……下手真狠……」

一旁的雷歐表情像是一口氣喝光苦茶、青草汁與苦瓜汁混合而成的飲料。艾莉卡對於侍郎的不中用以及幹比古的「聰明」戰法也是面有難色。

「還能繼續嗎？」

幹比古解開壓制，詢問侍郎。

「拜託您了！」

侍郎間不容髮回應。

接下來的三十分鐘，侍郎站著的時間比躺著少。

◇◇◇

「詩奈好慢喔。」

泉美處理各社團繳交的報告到一段落之後抬起頭，以有點擔憂的語氣輕聲說。

「是啊。如果是單純的面會，感覺花太多時間了。」

將風紀委員會的工作拿到學生會室做的香澄（雫說她反正應該很閒就叫她做了）抬頭同意。

「是誰來找她呢？琵庫希，妳知道嗎？」

香澄像是對女傭說話般這麼問。

「此為私人情報，不能回答。」

然而琵庫希的回應是機械化的制式語句。這種定型互動對於ＡＩ的負擔較輕，可以平順發聲。

「怎麼用這種像是機械的回答……」

香澄露出帶點抽搐的笑容抗議。她和泉美都知道琵庫希是什麼樣的東西。

「主人指示，平常要，表現得，像是機械。」

不過，香澄的抗議遭到琵庫希一語駁回。

「詢問別人的郵件內容原本就違反禮儀。」

「……是的，不好意思。」

雫進一步批判之後，香澄舉白旗了。看來這兩人之間建立起超越學姊學妹的階級關係。

「詩奈還在面會？」

不過，雫似乎也在意這件事。

「不。三矢大人，離校了。」

對琵庫希這句回答露出「咦？」這種表情的人，不只是雫一人。

「什麼時候？」

「十六分五十秒，之前。」

琵庫希立刻回答穗香的問題。琵庫希擁有的唯一功能是將指令傳達給學生會室的系統（外人是這麼認知的），原本不可能知道這個情報，但是在場沒人察覺。

「奇怪。」

「哪裡奇怪？」

雫輕聲說完，穗香抱著不祥的預感詢問。

「她的東西還在。」

香澄露出「啊！」的表情，匆忙起身。

「學姊，我去問一下。」

「香澄，妳要去哪裡？」

回問香澄的不是「學姊」雫或穗香，是泉美。

就算到學務室詢問詳情，也會以保護隱私的名目拒絕回答吧。去教職員室也一樣。

「侍郎那裡。記得他說今天會在山岳社受訓。」

香澄對雙胞胎妹妹展現消息靈通的一面，離開學生會室。

◇◇◇

侍郎跪著雙手撐地大口喘氣。幹比古以擔心的眼神俯視他，穿上美月為他攤開的上衣。

這幅不知道該吐槽誰的光景，香澄完全沒留意。

沒有餘力留意。

「學長姊們，打擾了！侍郎！」

香澄大步走到侍郎面前，不顧制服會髒掉，雙腳跪在他面前，讓彼此視線等高。

「詩奈為什麼突然不見了？」

聽到這句話，侍郎忘記攝取空氣。

臉色變得蒼白，並不是因為缺氧。

「詩奈……不見了？」

「侍郎，你沒聽她說？」

好奇聚集到兩人周圍的艾莉卡、雷歐與幹比古同時蹙眉。

侍郎劇烈咳嗽。

「等等？沒事嗎？」

「沒事。」

因而回神的侍郎，制止探身要幫忙的香澄，搖搖晃晃起身。

即使腳步蹣跚，也全力跑向自己的書包。

從行動情報終端裝置取下語音通訊用的子機，戴在自己耳朵。

他甚至忘記壓低音量，一接通就朝著收音器大喊。

「爸！詩奈不見了！您有聽說什麼嗎？」

打電話的對象是父親矢車仕郎。

『詩奈大小姐？等我一下，我馬上回電。』

仕郎如此回應之後，單方面結束通話。

侍郎焦急地注視終端裝置，父親的名字約一分後顯示在畫面上。

「我是侍郎！爸，知道什麼了嗎？」

『三矢家沒有對大小姐下達任何指示的樣子。究竟是什麼原委？』

仕郎沒責罵侍郎「為什麼沒好好看著詩奈」。

沒把他當成詩奈的護衛責罵。

這更讓侍郎心如刀割。

「我也是剛聽到這件事……」

『……學校那邊，由元治大人詢問。』

之所以稍微停頓，大概是在接受身旁詩奈哥哥的指示。

『目前你什麼都不用做。還不清楚詳情就急著行動，恐怕會反過來害事態惡化。』

「……知道了。查出什麼之後再告訴我。」

『嗯。詩奈大人回到學校的可能性也不是零。你在那裡多等一段時間。聽清楚了吧？』

「收到。」

侍郎按下結束通話的案件。他明顯極度混亂。

「香澄，究竟是怎麼回事？」

侍郎處於這個狀態，應該暫時無法好好說明吧。如此判斷的艾莉卡，詢問侍郎前方不知所措的香澄。

「是的，那個……」

其實香澄也等於一無所知。即使如此，她還是整理自己知道的事情回答。

「被叫去會客室啊……」

「正常來想，應該是那些傢伙帶走的吧？」

艾莉卡輕聲說完，雷歐脫口說出自己的想法。

「不對，不一定是被帶走的。或許是她自己跟著走，也可能已經回家，不關訪客的事。」

幹比古糾正雷歐這個性急的推理。不過，最和平的這個推測被香澄否定。

「詩奈的私人物品留在學生會室。」

「總之，去學生會室看看吧。」

艾莉卡蹙眉如此提議，雷歐提出疑問。

「我們去學生會室又能怎樣？去學務室逼問訪客是誰比較好吧？」

「又不是達也同學或十文字學長，學務室的職員不可能言聽計從吧？」

「就算這麼說，為什麼是去學生會？」

「學生會室不是有琵庫希嗎？」

雷歐露出「啊，對喔」的表情接受，但香澄提出異議。

「可是，剛才琵庫希說這是私人情報，所以不能回答……」

「只要知道事態緊急，就算是琵庫希也會回答喔。機械在這方面比較能通融。」

「說得也是。去學生會室吧。」

「唔哈，這或許是我第一次進學生會室。」

雷歐只是想到什麼就說什麼，沒有開玩笑緩和氣氛的意圖。

「你至今沒被學生會找去也太神奇了。啊，應該是風紀委員會比較會找你吧？」

「那邊也沒有找過我啦！」

不過，艾莉卡與雷歐大聲拌嘴，使得這股令人胃痛的氣氛緩和了些。

◇◇◇

「琵庫希，這是緊急事態，只透露是誰來見詩奈學妹就好，可以告訴我們嗎？」

「必須，主人認證，否則，無可奉告。」

即使穗香懇求，琵庫希也不答應。

琵庫希是接收穗香的思念波，在這具機體內部覺醒。對於寄宿在琵庫希的精神情報體來說，穗香賦予了自我，換句話說是母親。不過即使如此，琵庫希也不覺得必須聽從穗香的命令。

琵庫希的主人，琵庫希許願想奉獻一切的對象，始終只有達也一人。

「琵庫希。」

穗香說服失敗而沉默下來，雫代替她向琵庫希說話。

「妳的主人要辦重要的事情，所以沒來學生會。」

「正是，如此。」

「現在連絡達也同學的話，可能會妨礙到他辦的事情。」

「這是，妥當的，判斷。」

「如果妳不認同這是緊急事態，就會變成這樣。」

「不准，妨礙，主人。」

「那就告訴我們吧。即使會妨礙到達也同學，我也想知道詩奈發生什麼事。」

琵庫希沉默了。

「沒有達也許可不得公開祕密情報」的行動原理，以及「不准他人妨礙達也」的行動原理產生衝突。

如果琵庫希是單純的機械，或許會因為沒設定優先順序的課題相衝而當機。不過驅動琵庫希電子頭腦的是叫作「寄生物」的精神情報體。「她」以自己的意志判斷優先順序。

「知道了。」

驚訝與喜悅引起一陣騷動。不過所有人立刻將注意力集中在琵庫希接下來的回答。

「面會者，自稱，三矢家的，使者。」

「可是，三矢家說他們不知情喔。」

艾莉卡反駁之後，琵庫希以機械式的動作轉頭，以手勢引導眾人看向大型螢幕。

「請看，影像。」

螢幕播放校內監視器的影像。這是入侵監視系統的鐵證，卻沒人在意。不知道是內心沒有餘力，還是沒人察覺這個大問題。

「這位女性，自稱是，三矢家的，使者。」

畫面上是一對男女。看起來女性不到二十五歲，男性三十歲左右。而且和年齡相反，男性對女性必恭必敬的樣子。

「這位……我好像在哪裡見過……」

泉美焦急低語。

「兩人都是軍人。」

艾莉卡光是觀察兩人舉止數秒就如此斷言。

「記得第三研經常有現役軍人出入吧？」

幹比古看著香澄的臉詢問。

「是這樣沒錯，不過……」

「三矢家的成員，應該沒人任職於國防軍。」

香澄結結巴巴，泉美接話否定幹比古的推測。

「也就是說，軍人假冒三矢家的人帶走她？」

「看來……雷歐的綁架論可能是真的了。」

「Miki！不要講綁架什麼的，危言聳聽！」

艾莉卡尖聲斥責。幹比古察覺侍郎臉色鐵青，說了一聲「抱歉」。

「可是啊，軍人帶走女高中生，這種事非比尋常吧？」

雷歐重新這麼指摘，艾莉卡與幹比古咬緊牙關。

「……如果這兩人是進出第三研的熟人，我們很可能只是白操心。」

「可是，三矢家說他們不知情吧？」

幹比古這番話，艾莉卡認為只不過是安慰，斷然駁回。

「……我想，應該先確認詩奈學妹是不是真的沒回家。」

「也對。」

雫支持穗香的意見。

「確實沒錯。侍郎。」

聽到艾莉卡叫名字，侍郎肩膀抖了一下，看著下方的頭抬了起來。

「你先回去。」

侍郎沒聽從艾莉卡的指示。

「可是……父親要我留在這裡。」

「啊啊，我都忘了……既然這樣，只能等待連絡嗎？」

艾莉卡不耐煩地咬著嘴唇。

「總之，既然第一高中的學生從第一高中被帶走，我們也不能置身事外，不能扔著不管。」

「說得也是。」

雷歐同意幹比古這番話。

其實雷歐和風紀委員長幹比古不同，立場上並非必須擔心其他學生的安危，但也沒有任何人不識趣這麼說。

「雫，不用連絡達也同學他們沒關係嗎……？畢竟詩奈學妹是進行學生會活動時失蹤……」

「深雪那邊，我想最好連絡一下。」

雫稍微修正穗香的問題，點頭同意。

「不會打擾到會長嗎？」

泉美表達擔心之意。她沒使用「深雪姊姊」這個稱呼，大概是終究察覺氣氛不適合吧。

「寄電子郵件就好吧？」

「我寄信給深雪。」

聽到雫這麼說，穗香面向終端裝置。

◇◇◇

收到穗香的電子郵件時，深雪在平常光顧的髮廊。

和真由美約定的時間是五點。時間還算充裕，所以趁著這個大好時機來做頭髮。甚至沒掛出「謝絕初訪」告示牌的這間高級店，接待對象是必須嚴加保護的重要人士。高超技術的收費偏高導致客人不多，所以臨時預約也順利排到時間。深雪也順便請店員幫水波做頭髮。

因為是這種店，所以也提供護衛待命的場所。達也在深雪身後讀書。不是紙本，是電子書。不是關於ＦＬＴ業務的論文，也不是關於四葉家工作的資料，完全是打發時間的閱讀。換句話說達也現在不忙。

深雪的終端裝置響起收到郵件的鈴聲。和平常不太一樣的音色，是只通知親密對象的緊急訊號。

「達也大人，不好意思。」

深雪處於無法看信的狀態，向達也求助。

「什麼事？」

達也中斷閱讀回應。

「方便看一下我的終端裝置嗎？」

「看信？」

「是的，好像是急事。」

達也平常不會冒失到檢視深雪的私人郵件，不過既然深雪要求幫忙確認，他也不會過於顧慮而拒絕。他從深雪的手提包取出行動終端裝置，開啟郵件畫面。

「穗香寄的。她說詩奈被帶離學校。」

「詩奈學妹？」

深雪嚇了一跳，美髮師提醒她「頭請不要動」。既然是這種店的店長，當然擅長充耳不聞。

達也之所以毫不在意唸出郵件內容，也是因為相信美髮師口風很緊。

「推測是軍人的一男一女來面會，詩奈就這麼不見了。很可能是跟著這兩人離開。」

「應該不是被抓走吧？」

深雪避免動頭，慎重詢問。

「或許是被迫一起走，但至少不是使用暴力手段的綁架。要是做出這種事，學校的保全系統不會坐視。」

深雪也知道，前年遭到恐怖分子入侵之後，第一高中就記取這個事件的教訓強化保全系統的層級。想鑽過不輸給中央政府的森嚴系統綁架學生，確實近乎不可能。

「……應該回學校嗎？」

「我們回去也做不了什麼。假設是被綁架，也應該由警察負責處理。」

達也很乾脆地這麼說。如果是深雪被抓，即使是百分之一的可能性，他也絕對不會這麼說。

「警察會出動嗎？」

「現階段還不能斷定是綁架，一般來說很難吧。不過詩奈是三矢家的直系。三矢家在警方那邊應該有些門路，艾莉卡似乎也有意插手這件事。」

「艾莉卡？」

「嗯。不知道基於什麼原委，雷歐與幹比古好像也介入這個事件。」

「真的交給他們就好嗎？」

只有我們什麼都不做也沒關係嗎？深雪如此擔心，但達也看起來完全不把這一點當成問題。

「我們有事情要辦。」

「……說得也是。」

達也說得有道理。即使這麼說的不是達也，深雪也會同意吧。

不過，朋友們會對達也怎麼想？深雪在意得無以復加。

◇◇◇

在三矢家，當家元和繼承人元治進行兩人密談。

「爸，詩奈好像被帶走了。」

「……這樣啊。」

聽到侍郎回報詩奈失蹤，元與元治立刻知道是關於司所說的「協助」。一高回覆的面會者容貌也和遠山司一致。

「侍郎似乎沒察覺是司小姐。」

「因為他沒見過司小姐。」

「是這樣的嗎？」

元的回答令元治感到意外。詩奈和司走得那麼近，總是和詩奈在一起的侍郎卻沒見過司，這種事相當難以置信。

「司小姐會慎重選擇實際見面的人。大概是基於十山家肩負職責的性質，認為知道自己真面目的人少一點比較好吧。」

「就算這麼說，明明和詩奈見面那麼多次，卻沒和侍郎打過照面……」

「她這個人就是做得到這種像是走鋼索特技的行動。不，不只是司小姐。十三家就是擅長這種祕密行動。」

「……第十研的魔法不是反物理與反魔法護壁嗎？」

元搖頭回應兒子的詢問。

「原本是。不過，魔法發動形態的這種特殊性，使得十山家被賦予的職責超過單純的護盾。十山家被國防軍情報部拉攏成為防諜特務部隊。」

「各家都會協助軍方的作戰吧？記得在收集東亞區域情報這方面，我們三矢家對軍方也有貢獻。」

元再度搖頭。

「不是協助。十山家完全成為情報部的一部分，在情報部暗自發揮影響力。」

元稍微停頓。

元治也倒抽一口氣，等待父親說下去。

「……十山家沒有四葉家那種深不可測的實力。以魔法力來說，同樣出自第十研的十文字家應該占上風吧。他們也沒有七草家那種政治力。沒有名聲，相對的，也沒有背負惡名。徹底成為影子，不擇手段實現自己所屬黨派的利益。」

元嘆出長長的一口氣。

「如果他們追求的是國家的利益、魔法師的利益或二十八家的利益，這種態度反而可以說了不起。但他們為了自家人的利益，甚至可能策劃二十八家的內鬨。由於不像四葉家是淺顯易懂的威脅，所以更加棘手。」

「……既然這樣，這次的事件就是機會吧？」

「——什麼意思？」

元治這句話出乎元的意料。

「雖然大前提是避免詩奈受傷……但是司小姐這次以司波達也閣下為目標，如果十山家因而和四葉家產生摩擦，就可以去除十山家的潛在威脅。」

「雖說不無可能……但我們什麼都不能做啊。即使演變成十山家與四葉家的糾紛，也始終只能當個旁觀者。」

「在旁觀的過程中，理想的結果不勞而獲，這不就是最好的狀況嗎？」

「只會講這種寬心話……但是，總比無法寬心好得多嗎？」

反正以某種形式做個了斷之前，詩奈都不會回來。元掛著透露死心念頭的自嘲笑容。

◇　◇　◇

詩奈搭乘的大型轎車不只寬敞，坐起來也舒服無比。雖然不是禮車，但或許比禮車舒適。大型轎車從第一高中停車場出發，途中沒利用車用列車（車用渡輪的列車版。在這個時代，長程移動時沒利用車用列車反而稀奇）就行駛到輕井澤。

抵達的地點是令人不禁想說「這年代還留下這種房子啊」的西式宅邸。感覺像是會用來拍恐怖電影的外景。實際上，詩奈下車時就下意識地發抖。

「詩奈小妹，戶外會冷吧？別客氣，進去吧。」

四月也已經過了一半。即使是輕井澤，氣溫也不到冷的程度。只是站在戶外也沒意義，所以詩奈就這麼在司的邀請之下進屋。

「哇……！」

詩奈不禁出聲感嘆。西式宅邸外表老舊，入內一看，古典的樣貌維持不變，並且洋溢奢華的氣息。

「妳的房間是這間。自由使用吧。」

司帶領來到的房間，是比起門廳也不遜色，具備貴族嗜好的豪華房間。尤其吸引詩奈目光的是加裝頂蓬的大床。鏡台也是搭配黃金工藝的古典設計，即使是還算用慣高級品的詩奈，也不知道這些家具究竟值多少錢。

「衣櫃裡放了換洗衣物。尺寸應該符合。雖然預定只要住一晚，但還是需要吧？」

「啊，是的。謝謝您。」

詩奈將注意力拉離床鋪與鏡台，向司道謝。

「不用客氣。是我請妳幫忙，這種程度的安排是當然的。」

「請問……」

詩奈原本猶豫是否可以問，但還是下定決心詢問。

「不能連絡家裡，對吧？」

「對不起。當成是打工的一部分好嗎？」

「知道了。」

詩奈在心中輕聲說「果然」。

「飯菜準備好再叫妳。」

司走出房間。雖然沒聽到鎖門的聲音，但詩奈不想試。

放置私人物品的書包留在學生會室，不過行動終端裝置放在上衣內袋。她拿出來確認收訊狀況。

正如預料，完全沒有訊號。

——這是自己接下的工作。

——慌張也無濟於事。

詩奈打開衣櫃，脫下制服。

換上輕便的居家服，跳到床單上，確認公主床的觸感。

她不知道司要父親與哥哥保密。瞞著學生會的學長姊與侍郎離校是不對的。她雖然抱持這種罪惡感，卻認定家人會說明詳情。

詩奈未曾想像自己現在是失蹤人口。

◇ ◇ ◇

穗香看完回信，浮現在臉上的情感是困惑加失望。

「深雪怎麼說？」

「達也同學回的。」

艾莉卡問完，穗香以難掩打擊的聲音回應。

「他說交給警方處理比較好。」

艾莉卡臉上也露出近似穗香的失望。

「這是怎樣？回得這麼制式……」

「給我看。」

雫從穗香身後注視顯示信件內容的畫面。

她難得明顯蹙眉。

「雖然上面寫交給警方處理比較好……」

「啊，對喔。」

雫暗示「必須說明清楚」，受到規勸的穗香，將達也的回信傳送到牆面的大型螢幕。

「我看看……看來達也也認為三矢很可能上當被帶走……」

「可是因為沒證據，所以不知道警察會不會受理嗎……這也沒錯吧。」

不甚樂觀的預測，使得雷歐與幹比古一起板起臉。

「就算這樣，如果真的是案件，三矢家應該會報警，所以接下來警方處理比較好……這是當然的吧！」

「……不過，這或許是最聰明的做法。因為要是事件延伸到校外，我們能做的有限。」

泉美安撫憤慨的香澄。

「交給警察處理，要是為時已晚怎麼辦？」

香澄纏著泉美問。

「那麼香澄，妳說我們做得了什麼？」

泉美冷靜應付情緒化的雙胞胎姊姊。或許是因為香澄變得情緒化，泉美才得以保持冷靜。

「……使用家裡的搜索網就好啊！」

「可是父親大人現在去京都喔。妳知道該找誰怎麼委託嗎？」

「拜託姊姊就好啊！」

「姊姊和司波學長有約，所以出門了喔。」

「那剛好！我順便去抱怨！」

香澄衝出學生會室。

「等一下，香澄！妳知道姊姊去哪裡嗎？……啊啊，真是的！不好意思，光井學姊，我今天就此告辭！」

泉美也追著香澄離開。

雫無奈看向留下來的風紀委員會終端裝置。

「穗香，這個可以放這裡嗎？」

「這我不介意。」

對於香澄來說，週一將有不愉快的事情等待著她吧。如此心想的穗香，即使不關己事依然縮起脖子。

「所以，我們怎麼辦？依照達也的忠告袖手旁觀嗎？」

雷歐挑釁詢問，艾莉卡哼了一聲。

「既然說要交給警察處理，那就交吧。不過，這可不代表要袖手旁觀喔。」

「艾莉卡，妳想做什麼……？」

幹比古不安詢問。不是因為不知道她想做什麼而不安，是猜得到她想做什麼而不安。

「那還用說？道場有很多警界的人啊？」

「私下濫用公權力。」

「可……可以嗎？」

雫的吐槽使得幹比古表情抽搐。

「難得有門路，不用就虧大了。」

如果是以前的艾莉卡，大概會在這時候露出令人聯想到惡作劇孩童的笑容吧。

然而現在的艾莉卡臉上沒有笑容。

◇◇◇

真由美邀請達也與深雪的場所，是赤坂的高級餐廳。

至少要達也他們三倍以上的年齡，才適合來到這種場所。而且光是年長還不夠，必須具備地位、名聲或財富，也可能必須三者皆具——就是這樣的店。

達也在約定時間前三分鐘抵達餐廳。對於只有年輕人的格格不入三人組，店員露出笑容——沒露出笑容以外的表情帶位。

五點整，達也、深雪、水波依序進入榻榻米包廂。

只有克人在裡面等。

「讓您久等了嗎？」

達也沒徵得就位許可就坐下，同時這麼問。

「不，你們很準時。」

克人沒責備這一點。

達也坐好之後是深雪，深雪坐好再輪到水波就坐。

深雪坐在達也旁邊的坐墊，水波沒使用坐墊，坐在深雪後方的榻榻米上。

四人都是正坐。沒人做出偷偷動腰或腳趾輪流互疊的不安分舉動。看來所有人都習慣正坐。

「對不起～～！」

就在達也與克人以「開始吧」的感覺看向對方時，紙門拉開，真由美與摩利現身了。

「讓你們久等了嗎？」

「不，我們也剛到。」

真由美問完，達也間不容髮地回應。

克人面有難色想說些什麼，但最後還是閉口沒說話。

真由美露出鬆一口氣的表情，在克人旁邊、深雪正前方併膝坐下。摩利坐真由美旁邊。

相較於世間的普通女大學生，真由美的正坐有模有樣，但是比起達也、深雪或克人就多了一點僵硬感。真要說的話，摩利坐得比較端正。

「那麼，事不宜遲……」

真由美準備進行（美其名為討論）的說服，但是出師不利，紙門另一側傳來「打擾了」的聲音。

等待真由美回應「是，請進」之後現身的不是女服務員，是小老闆娘。

「宣稱是朋友的客人來找各位……」

小老闆娘以難掩困惑的表情詢問。事前得知的客人已經到齊，她會疑惑也是當然的。

「咦，是哪位？」

真由美也同樣感到疑惑。

「七草香澄小姐以及泉美小姐兩位。」

「咦……？」

真由美瞬間語塞，接著向達也與深雪說聲「我離開一下」，不等小老闆娘帶路就走向餐廳玄關。

小老闆娘說聲「打擾了」恭敬行禮，關上紙門。

「是那件事嗎？」深雪像是在等門關上，對達也這麼說。

「『那件事』？達也學弟，真由美的妹妹找上門的原因，你心裡有底？」

聽到這段對話的摩利詢問達也。

摩利的態度和一高時代沒變，克人對此皺眉，但達也不以為意，輕鬆回答：

「是的。今天，三矢家最小的千金可能被人從一高帶走。大概是這件事吧。」

「被帶走？」

摩利微微睜大雙眼表示驚訝。

「三矢家的小妹……詩奈嗎？」

「渡邊學姊也認識她？」

「透過真由美，和她有點交情。記得詩奈今年就讀一高吧？」

「是的。」

「『被帶走』是怎麼回事？」

達也簡單說明自己知道的部分。

「這件事很嚴重吧！達也學弟，還有司波也是，你們還在這裡做什麼？」

明明學生可能被捲入犯罪事件，學生會長以及學生會實質上的龍頭卻什麼都不做，摩利覺得匪夷所思。

「就算問我們做什麼……」

但是，以達也的立場只能苦笑。他是受邀來到這裡。摩利雖然是陪同出席，卻也是邀請的一方，沒道理責備達也。

「司波。」

克人叫了達也。

「請問有什麼事？」

「不是以同為十師族的立場，不是以十文字家與四葉家成員的立場，而是以一高學長學弟的立場讓我講幾句話好嗎？」

「無妨。」

達也點頭的同時，克人氣息的質量增加了。

「這場討論延期吧。你們優先尋找那名可能被抓走的一年級學生。」

達也再度苦笑。和剛才相比，這張表情挖苦的成分較多。

「十文字學長，請容我刻意這麼稱呼您。本次是七草家千金與十文字當家聯名，邀請我以四葉家代表的立場參加。所以要是這場討論延後，只能認定這是以十師族十文字家的身分發言。」

達也的指摘，使得克人散發倒抽一口氣的氣息。

「若您還是要延後這場會議，我與深雪都沒有異議。」

達也說完看向深雪。

深雪以文雅動作微微低頭表示知悉。

「只不過，我認為延期也沒意義。」

「……什麼意思？」

「三矢學妹的事件，甚至還不知道是不是犯罪。既然確認是從一高被帶走，只要以警方權限調閱市區監視器的記錄，很容易就查得出她被帶去哪裡吧。」

聽到這裡，摩利不耐煩地插嘴。

「既然知道這麼多，為什麼沒動作？」

「因為這或許是她本人的意願。」

達也回答的語氣很冷淡。

「某人帶走三矢學妹，這應該可以確定吧。但如果這是經過她的同意，我們只會在闖入救人的時候被控告非法入侵。」

「二話不說闖入Blanche大本營的你，不像是會講這種話的人。」

摩利酸溜溜地反駁。

然而不只是達也，深雪也沒有出現情緒上的反彈。因為摩利的挖苦明顯是因為無法以理論反駁才不得已這麼說。

「因為那時候不必確認對方的意願。」

達也以這句話反駁摩利就夠了。

達也的視線從不甘心咬緊牙關的摩利身上，轉向注視克人。

「我身為一高學生，『表面上』也做不了任何事。如果您還是表示要延後這場會議，我個人不會拒絕。」

克人雙手抱胸思考。

就在這個時候，紙門發出粗魯的聲音開啟。

「司波學長，我錯看您了！」

「香澄，等一下！」

「香澄真是的……啊啊，深雪學姊、司波學長，真的很抱歉！」

真由美想制止香澄卻晚了一步，泉美臉色蒼白地一直賠不是。

七草三姊妹闖入。

「香澄，總之回家吧，好不好？」

真由美以對待女童般的態度與語氣安撫妹妹，但香澄的視線固定在達也身上。

「那孩子不可能瞞著我們不見！您要拋棄詩奈嗎？」

這個問題不能回答「是的」。

「聽到我們剛才的對話了嗎？」

達也不是回答，是詢問。

「聽到了。我偷聽到了！不行嗎？」

香澄滿臉通紅，以自暴自棄又豁出去的語氣頂嘴。

「偷聽是不對的。」

達也以理所當然的語氣，做出理所當然的回應。

「——唔！」

「不過妳既然聽到，就可以省點時間了。詩奈未成年。即使詩奈本人同意，只要監護人提出委託，警方就可以保護。」

「所以怎樣？」

「香澄，司波學長的意思是說妳找錯對象了。」

泉美拉著氣沖沖的香澄衣袖，吸引她的注意。

「找錯對象？」

「司波學長的意思是說妳不應該找他，而是找詩奈的家人講這件事。」

「講什麼啊？」

泉美抱著香澄的右手抓住她。

「我們走吧。已經從司波學長這裡獲得寶貴的建議，繼續待的話會礙事。」

「也對。」

真由美說完抱著香澄的左手。

「泉美？姊姊？慢著……妳們做什麼啊？」

「達也學弟、深雪學妹，這次是這邊邀請你們，我知道這麼做很失禮，但今天容我就此散會好嗎？改天我一定會補償你們。」

「嗯，好的。」

已經不是認真對談的氣氛了。

達也爽快接受真由美的謝罪。

「香澄，走吧。」

「是啊，我們走吧。」

真由美與泉美不容分說拖著香澄離開。

達也與克人相對而視，同時嘆氣。

「十文字學長，那麼容我們就此告辭。」

至今幾乎沒發言的深雪，以毫無笑容的正經表情說完低頭致意。

「兩位，抱歉了。」

克人基於立場只能這麼說。摩利也沒插嘴。

四葉家、十文字家與七草家的密談，沒能進行任何具體討論就結束。

◇ ◇ ◇

時間接近下午六點。即將日落。

放學的艾莉卡與雷歐位於千葉道場。

「艾莉卡，久等了。」

此時，幹比古在門徒的帶路之下現身。

「好好送美月回去了嗎？」

「我送她到家門口喔。」

點頭回答艾莉卡的幹比古，看起來有點靦腆。

「這樣啊。」

不過，對於幹比古這個純情的反應，艾莉卡不在乎地簡單帶過。

「艾莉卡，妳這邊呢？找到什麼線索嗎？」

「正在叫人清查市區監視器的記錄。」

「原來如此。既然使用的車開進一高停過，那麼就算中途使用過車用列車，也可以用市區監視器追蹤。這種理所當然的事，剛才為什麼沒想到？」

幹比古這番話是在責備自己粗心大意。但艾莉卡一臉不是滋味般撇過頭。

說明原因的是雷歐。

「是泉美寄電子郵件提議調查市區監視器的記錄。」

「泉美學妹？嗯，沒那麼令人意外。」

幹比古的腦中，正在比較香澄與泉美的能力值。

「半斤八兩，泉美似乎是聽達也的指示。」

「這樣啊……」

包括艾莉卡的態度，幹比古全部理解了。

此外，「這是達也的指示」是雷歐的誤解，但是這件事在場沒人知道，也不重要。

「不好意思，打擾了。」

這次輪到侍郎現身。

「侍郎，三矢家那邊怎麼樣？」

艾莉卡問完，侍郎臉上蒙上陰影。不只是失望，還隱含憤怒。

「當家大人與元治大人，似乎都認為還不需要把事情鬧大。」

「元治是誰？」

「三矢學妹的哥哥。」

雷歐與幹比古在一旁竊竊私語，不過侍郎沒聽到的樣子。

「有些……不對勁！太奇怪了！」

侍郎受困在自己的疑問與困惑之中。

「是沒錯啦，詩奈的家人平常就有點放任她！門禁也沒有很嚴格！但這是因為有我以外的真正護衛陪同！明明不知道她的下落卻說什麼『別鬧大』，我沒辦法理解！」

「護衛沒有悄悄跟著她嗎？」

侍郎用力搖頭回應雷歐這個問題。

「我跟矢車家的人確認過，現在是完全跟丟詩奈的狀態。」

艾莉卡一臉若有所思的樣子，卻沒有特別說些什麼。

「所以侍郎，你接下來要怎麼做？」

「請讓我在這裡等。我就是為此過來的。」

「這樣啊。哎，是可以啦。」

道場的人影逐漸增加。以社會人門徒為中心，夜間的練武時段即將開始。艾莉卡的父親肯定也會前來指導。

「你們三個跟我來。」

艾莉卡不等回應就離開道場。

她帶三人來到一棟小小的建築物。和她房間所在的別館不同。

「這邊。」

艾莉卡拉開的紙門高度不到一七〇公分，她以外的三個男生必須彎腰進入。兩坪多的和室，中央偏深處的位置被火爐占據，壁龕掛著掛軸。

「喔，原來有茶室啊。」

「很好笑吧？我們練的劍術明明和傳統劍術不一樣，卻自以為是劍術家。」

艾莉卡以嘲笑回應雷歐的感嘆。這不是自嘲，是在嘲笑他人。

幹比古從這裡看出艾莉卡和家族之間沒有解開心結的徵兆，表情一沉。

「我一直以為茶室的出入口會更小。」

不知道是沒察覺還是假裝沒察覺，雷歐完全無視於艾莉卡說的壞話。

「你是說躪口嗎？如果想刻意讓自己不自在，請從那裡進來吧。」

艾莉卡毫不在乎地指著高度不到七十公分的小小拉門，從進來時紙門正對面的單邊拉門進入茶室深處。

「別杵在那裡，坐下吧？」

艾莉卡再度現身時，雙手捧著托盤，上面是和人數相符的茶碗。

她以平滑動作跪坐，隨意將四個茶碗擺在榻榻米上。

三個男生坐在墊著茶碟的茶碗前面。

男生們欲言又止的視線，使得喝茶的艾莉卡抬起頭。

「怎麼了？難道想要我點茶？」

三個男生連忙搖頭。

艾莉卡微微瞇眼，依序瞪向三人的臉。

「我怎麼可能做那種麻煩事？」

「啊哈哈……說得也是。」

幹比古臉上寫著「真的很可惜」，但艾莉卡視而不見。

時間就這麼不經意默默流逝。

途中，艾莉卡說「等我一下」暫時離席，端了堆成小山的薄皮豆沙包過來，之後四人都幾乎坐著不動。之所以說「幾乎」，是因為看得到將豆沙包送進嘴裡的動作。

大概即將八點的這時候，出現了新的動靜。

「艾莉卡大小姐。」

年輕男性從躙口外面搭話。

艾莉卡靜靜起身，跪在躙口旁邊，開啟小小的拉門。門口遞入薄薄的電子紙。

艾莉卡拿著這個終端裝置，回到房間中央。

「——上面寫什麼？」

幹比古抓準艾莉卡看完電子紙的時間點，輕聲詢問。

「查出詩奈搭的車開往哪裡了。」

這句話使得侍郎雙手撐著榻榻米，探出上半身。

沒人要他冷靜。

艾莉卡、雷歐與幹比古都充分理解到，侍郎焦急等待這個消息等很久了。

「中途完全沒換車，車子就這麼開到輕井澤。」

「意外地近……」

雷歐輕聲說出的這句話，暗藏「既然這樣應該早點查出來」的意思。

「凡事都是準備的時間比較長喔。」

也就是說，直到能夠動用監視器資料的過程才辛苦。艾莉卡委婉的回答，使得雷歐輕輕聳肩。

艾莉卡將電子紙張翻過來給大家看。

「感覺是會鬧鬼的西式宅邸。」

「Miki，你講這種話可不是開玩笑的。」

嘴裡這麼說的艾莉卡，對「感覺會鬧鬼」這個部分似乎沒異議。

「——方便給我地圖檔嗎？」

盯著報告書看的侍郎，抬頭詢問艾莉卡。

「可以。不過，不可以在今天闖進去。」

「為什麼？」

一時激動的侍郎逼問艾莉卡。想盡快「救出」詩奈的侍郎，絕對無法接受艾莉卡這句話。

「原因有兩個。第一，這邊還沒做好準備。」

「哪需要什麼準備，立刻就能出發！」

「你打算自己去?省省吧。會落得自掘墳墓喔。」

不是遭到反擊，是自掘墳墓。這句話使得侍郎終於察覺對方設陷阱的可能性。

「可是，好不容易找到她了啊!」

「還不算找到。只是詩奈搭的車子停在這棟西式宅邸而已。而且已經在監視了，一旦有動靜會立刻掌握。」

「………」

看到侍郎暫且沉默下來，艾莉卡說出第二個原因。

「另一個原因是還沒和警方打點好。有必要的話我不怕進豬籠，但我可不想因為必要的準備不足而被瞧不起。」

艾莉卡暗示可能會成為罪犯被送進魔法師監獄，侍郎就再也說不出任何反駁了。

侍郎自己也是，為了詩奈，要賠上自己的性命也在所不惜。

但艾莉卡他們只是學校的學長姊，侍郎不能逼他們這麼做。

而且，他自己一個人大概做不了什麼。

「侍郎，你回去和家人商量吧。能夠得到三矢家人員的協助最好，但至少一定要讓家裡的人『默認』你單獨行動喔。」

「……知道了。」

這確實是現在必須做的事。自己的行動可能會為家人，甚至為三矢家添麻煩。

自己並不是能夠自由行動的立場。侍郎重新想起這一點。

◇　◇　◇

此時，詩奈正泡在浴缸舒適休息。

「唉……侍郎應該在擔心吧。」

比起沒知會學生會學長姊就擅自離校的罪惡感，沒告訴侍郎就來到這裡，更像是一根哽在喉頭的魚刺，詩奈一直很在意。泡澡解除緊張心情之後，這個想法重新浮上意識表層。

不過，這是沒辦法的事。因為司在學校的會客室低頭拜託，要她別透露國防軍正在進行這種活動。

既然這場「演習」視為軍事機密，詩奈認為禁止通訊也是當然的。非得保密的演習為什麼雇用高中生兼職？詩奈完全猜不出原因，卻也不想違背司的指示。

比自己大了快十歲的成年人低頭拜託，詩奈不可能拒絕。

詩奈像這樣將自己的行為正當化，為了避免繼續煩惱，將注意力集中在使用中的浴室。

說來遺憾，軟禁她的西式宅邸沒有大到像是溫泉的浴室。相對的，有這種古典的四腳浴缸。

大概是骨架大的白種人規格，比日本的標準浴缸大得多。嬌小的詩奈可以舒適伸直雙腿，甚至得擔心一個不小心可能會溺水。

蒸氣混入些許香氣，可能是泡澡水滴了精油。是讓人舒服融化到骨子裡的香氣。該不會是麻藥成分的味道吧？這個擔憂瞬間掠過內心，卻立刻變得不重要了。

不用說，代替耳塞的耳罩，詩奈洗澡時還是會取下。連沖洗頭髮的水流聲，聽在詩奈耳中也等於傾盆大雨，但這終究是沒辦法的事。詩奈知道這段期間的魔法技能會變差，所以在清洗頭髮與身體的時候使用隔絕聽覺的魔法。

不過，像這樣泡澡的時間，只要自己小心別無謂發出水聲，反倒可以面對沒有耳塞的清晰世界。這段時間不只是敏銳的聽覺完全發揮，依照她的主觀認定，魔法方面的知覺也變得敏銳。

光是將頭靠在浴缸邊緣的手臂上，這棟西式宅邸範圍內的所有波動就傳入詩奈「耳」中。

浴室門前站著護衛的女兵。她釋放的微弱想子波，是ＣＡＤ待命時產生的雜訊。換句話說，這名女兵是戰鬥魔法師。

不只是她，在宅邸內行動的人，無論男女都是魔法師，ＣＡＤ都是隨時能進入戰鬥狀態的待命模式。

反倒是宅邸外面巡邏的五人，只有一人是魔法師。釋放的想子波也比屋內部署的軍人來得克制。大概是避免外人發現這棟西式宅邸有魔法師吧。

——詩奈只是發呆，就知道這麼多情報。

她察覺的不只這些事。

在宅邸內部待命的魔法師們洩漏的波動頗具攻擊性。感覺是在等待敵人前來。迎擊的目的看起來不是擊退，而是殲滅或逮捕。

這部分和詩奈接下這份「打工」時聽司說明的內容沒有矛盾。司委託詩奈在要人救出訓練之中，扮演被救出的重要人物。換句話說，負責救出的主隊是來「拯救」詩奈。

現在宅邸裡面的人是綁架的一方，設定上是在提防救人部隊的襲擊吧。詩奈身為被綁架的俘虜，受到的待遇似乎過於無微不至，但肯定是反映「重要人物」的這個設定。

想到這裡，詩奈察覺一件重要的事。

既然飾演被救回的人質，就不知道拯救部隊什麼時候會來。或許是現在。

一個不小心的話，恐怕只圍著浴巾就被帶到戶外。

現在不是悠哉泡澡的時候。

詩奈以不會發出太大聲音的速度，扶著浴缸邊緣起身。

◇　◇　◇

達也等三人剛到家，視訊電話就像是抓準時間般響了。

鈴聲顯示是四葉本家，真夜的來電。

幸好三人剛回來，都還沒換裝。

達也和深雪相視之後，按下通話按鍵。

『達也、深雪，晚安。哎呀，你們剛才出門嗎？』

畫面中，真夜親切搭話。她今天表面上也很友善。

「是的，受到七草真由美小姐的邀請。」

沒什麼好隱瞞的，所以達也老實回答。

『哎呀，七草家？』

「不，十文字家的當家也參與，大概是對於之前那場會議有話想說吧。」

『呵呵，如果是那個小妹妹就有可能。』

很像真由美的老好人個性。達也在這方面也有同感。

「只是發生了一些狀況，所以我們只進到包廂，餐會取消了。」

『……我覺得這還真是失禮，不過發生了什麼事？』

達也向真夜大略說明詩奈失蹤之後的原委。

『三矢家的千金啊……雖然相當令人感興趣，但現在沒空管這個了。』

也就是說，有緊急的工作要做。真夜親自打電話的時候大多是這樣，所以達也不感意外。他就這麼挺直背脊，等待後續的說明。

『關於你們昨天遇襲的事件，已經查出是國防軍情報部將潛入國內的美軍洗腦之後引發的事件。』

「是情報部幹的好事嗎？」

早就聽八雲警告過的達也只覺得「果然如此」，但這次也不得不佩服四葉家短短一天就掌握證據的情報力。

『美軍特務員，好像還有很多人被他們抓住。』

達也好奇這些特務員是來調查什麼事。推測調查目標很可能是「質量爆散」的魔法師，也就是達也自己，但他不想為了確認這件事不惜打斷真夜的話語。

『所以，我想請達也救出他們。』

「救出美軍的特務員？」

達也隨著小小的驚訝反問。

襲擊深雪的情報部難以原諒。達也打算總有一天以某種形式給他們一點顏色瞧瞧。

不過，逮捕非法活動的外國特務員是他們的職務，為了報復而妨礙這項工作肯定不是好事。

『特務員包括STARS的成員。』

這也在達也的料想之中。與其說是「包括」，達也認為應該是以STARS為主力的編制。

『與其只救出他們，讓所有人逃走比較省力吧？』

「知道了。」

換句話說，真夜和STARS之間建立某種連結，對方透過這個管道提出救人的委託。

現在，四葉家的利益和深雪的利益結合在一起。

既然對深雪有益，多費點工夫也在所不惜。

達也接下真夜的指令。這也是為了對昨天的事件做個「了斷」。

◇　◇　◇

詩奈被「綁架」的隔天清晨。

雷歐、幹比古以及侍郎來到千葉家的道場。

「侍郎，和家人說好了嗎？」

完全做好準備的艾莉卡詢問侍郎。

「好了。他們說隨便我怎麼做。」

「……好吧。」

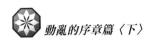

這等同於反對，但艾莉卡不在意。重點在於讓侍郎有理可循，之後是他自己的事。

「我知道雷歐想參加這種祭典，卻沒想到Miki會來。」

「我的名字是幹比古。」

大概是一定要講一次才罷休吧，幹比古以制式台詞回應艾莉卡。

「涉入到這種程度，我不能置身事外吧？」

接著他正經八百地補充這段話。

「啊哈哈……你這個大．好．人。」

「——隨妳怎麼說吧。總比大壞人好得多。」

「哎，或許吧。那就走吧。」

艾莉卡說完，走向道場門前路邊停靠的巡邏車，坐進副駕駛座。

三個男生擠進後座之後，巡邏車出發了。

「話說……可以嗎？」

雷歐事到如今才詢問握著方向盤的制服警官。

「艾莉卡大小姐的亂來行徑，不是現在才開始的。」

警官面不改色回答。

雷歐覺得與其說是仰慕艾莉卡，更像是已經連笑都笑不出來的結果。

絕對不想成為她那個樣子。雷歐暗自發誓。

巡邏車搭乘車用列車前往輕井澤車站（這樣比起走高速公路更快更省錢），在那裡和當地警察會合。不用說，都是和千葉家有交情的警官。

其實千葉家比四葉家還恐怖吧？雷歐如此心想，卻沒有不知死活到說出口。

身為直接當事人的侍郎，似乎沒有餘力在意這種事。

前方不遠處，就是昨天在報告書看過的老舊宅邸。侍郎瞪著這棟西式宅邸。不，或許是想用某種魔法透視。

艾莉卡忙著指示聚集的警官們。

所以在艾莉卡等一行人之中，心態上最為從容的是幹比古，他率先認出「她們」的身影或許是理所當然。

「那不是香澄跟泉美學妹嗎？」

幹比古不禁這麼喊，使得兩張神似的臉蛋轉向他。雖然髮型與給人的感覺不同，但長相真的一模一樣。

「吉田學長。」

「千葉學姊跟西城學長？侍郎也來了？」

七草的雙胞胎姊妹跑向幹比古他們。大人們在稍微遠離的位置討論事情。

「妳們也是為了三矢學妹？」

「是的。」

這段問答省略很多字句，但雙方都沒有聽不懂或誤解對方想說什麼。

「打到自己人也很荒唐，要不要磨合一下？」

艾莉卡在幹比古身後如此提議。

「說得也是。」

泉美點了點頭。香澄也沒異議。艾莉卡說的很合理，泉美與香澄都沒感到疑問。

覺得不對勁的是雷歐與幹比古。

照常識來的這種慎重作風，不是他們認識的艾莉卡。直到去年的艾莉卡，在這種場合總是刻意拋棄常規，喜歡強行從中央突破的刺激感。

真的，不像是她的個性。

真要說的話，這是達也的作風。雷歐與幹比古都這麼認為。

就算這麼說，礙事就沒意義了。正如艾莉卡所說，在這個場面應該磨合彼此的配置，避免打到自己人。

兩人在心中抱著某種無法釋懷的感覺，加入討論的行列。

◇◇◇

睜開雙眼一看，戶外不知何時變得明亮。

意識清醒的同時，難以承受的噪音蜂擁而至。詩奈連忙戴上耳罩。

詩奈的異常聽覺，只會在意識清醒時產生作用。睡意超過一定的程度，聲音就會變成普通音量。有人假設認為她過於敏銳的聽覺是魔法所造成，就是以此為根據。

看來昨晚到最後沒被「救出」。詩奈理解了自己的現狀。聽司說這次打工的期間大概半天，不過看來計畫延長了。

詩奈覺得餓了，卻不到肚子咕嚕叫的程度。她決定先換上制服，方便隨時被帶走。

二樓的這個房間，應該說分配給詩奈的這間套房足以匹敵頗為高級的飯店，附有獨立浴室、廁所以及更衣室。

她只先穿上制服連身裙，然後在更衣室仔細梳理易翹的頭髮。這是她每天早上的煩惱源頭。不知道從哪裡調查的，梳妝台擺放的化妝品和她平常使用的相同，所以她姑且以魔法檢查是否混入有害物質，然後迅速化好妝。

就在這個時候，發生騷動了。

響起有人在走廊匆忙奔跑的聲音。

為了確認發生什麼事，詩奈伸手要開門。

古典設計的門把動也不動。

（我被鎖在房內？……慢著，說得也是。）

詩奈反射性地嚇了一跳，但這只是一瞬間的事。她想起自己扮演「被綁架的重要人物」，因而回復鎮靜。

沒事的。她對自己這麼說。

ＣＡＤ沒被收走。魔法也可以正常使用。有必要的話，可以打破窗戶或天花板逃離。

之所以思考這種事，就證明詩奈開始覺得自己身處的狀況可疑。

但她硬是壓下自己對司的疑惑，決定繼續乖乖當個「被囚禁的公主」一陣子。

（肚子餓了……）

詩奈以這種沒有緊張感的思考讓自己分心。

◇　◇　◇

「監視器影像恢復！」

「這是……警方的特殊魔法突襲部隊（SMAT）？警察為什麼攻擊我們？」

少尉指揮官（司這次也沒有擔任表面上的負責人）以無法理解的表情大喊。

特殊魔法突襲部隊（Special Magical Assault Team），通稱SMAT。警方在去年的橫濱事變沒能妥善應對，經過反省而集結警界的戰鬥魔法師成立這個組織。雖然事變剛結束就決定設置，但是和大亞聯盟的停戰成立之後遭受各方面的反對聲浪，直到二月爆發箱根恐攻事件，才終於在上個月成立。

現在也是主流媒體的眼中釘，另一方面，新興的非營利報導機構（Non-Profit Press）則是逼問「究竟要拖拖拉拉多久」，就某方面來說是令人同情的部門。不過負面評價似乎成為動力，所屬隊員的士氣高昂，而且最大的特徵在於幾乎所有人都出身千葉道場。

受命擔任本次作戰指揮官的少尉和司隸屬不同的部門，不知道本次作戰背後的隱情，甚至也不清楚表面上的緣由。不過，包圍宅邸的部隊是SMAT，光這個事實應該就能略知一二——

（……看來，千葉家的頑皮丫頭跑來搶風頭了。）

司心想「真麻煩……」暗自嘆了口氣。以詩奈當誘餌，不只是四葉家的兩人（也就是達也與深雪），七草家也可能介入。司有計算到這一點，也知道「七草的雙胞胎」很疼詩奈，所以她和「高層」交涉，將當家七草弘一牽制在京都。

正如計畫，七草家只派得出少數魔法師。七草家應該不會單獨干涉這場作戰。只要警方——千葉家沒多管閒事就好。

只不過，千葉家的介入雖然是一大擾亂要因，卻不是對作戰造成致命傷害的失算。

讓作戰從根本失去意義的失算在於另一件事。

（沒看到司波達也的身影……沒上鉤嗎？）

就是最重要的目標對象沒現身。

（還以為會更加「任性」，看來意外是個小角色……）

四葉家下任當家擔任學生會長校內有低年級生被抓走。司預測達也會賭上面子帶回人質。

司觀察前天襲擊禮儀學校的過程，分析達也對自己的實力抱持絕對的自信。既然是這種過度自信的類型，一般來說會把面子看得比什麼都重要。無論是孩童還是老人，只會在敗北可能造成損失的場合才會犧牲面子，這是司一貫的主張。

不過，司波達也這名少年的個性，似乎不會執著於無聊的面子。司承認自己失算。她原本想觀察達也在救出詩奈的過程中，對於國家公權力重視到何種程度。如果達也完全不在意國防軍的權威，司打算提議將達也視為國家的危險人物而排除。

然而說來可惜，看來無法觀察達也明知對方是國防軍是否會繼續為敵的場面。

「雖然遺憾，不過凡事無法順心如意是世間常理……」

司輕聲說出不知道是達觀還是不服輸的話語。

然後，她走到指揮官少尉面前。

「隊長。」

「遠山士官長，什麼事？」

「請准許下官前去監視俘虜。」

「俘虜」這個詞在交戰法規有著嚴格的定義。

不過，軍中經常習慣性地將「俘虜」當成「戰俘」的意義來使用。

古代甚至會將捕獲的敵軍馬匹記錄為「俘虜」。

少尉難免誤以為司在這個狀況提到的「俘虜」，是被抓進這棟宅邸的少女，也就是詩奈。

「准許。」

「謝謝隊長。」

司打算先去詩奈的房間，但是不會留在那裡。

她得到指揮官的許可之後，打算逃到美軍特務員「俘虜」被囚禁的場所——但他們其實還不是「俘虜」。

非法特務員必須在逮捕的一方認定是俘虜才算是「俘虜」，但是司在心中無視於這個規則。

◇　◇　◇

「三分鐘後開始攻堅。」

「知道了。交給你指揮。」

「這是我的榮幸。」

和艾莉卡對話的ＳＭＡＴ小隊長露出男人味的笑容。

他曾經在千葉道場擔任「艾莉卡親衛隊」的領袖。

認識昔日艾莉卡的他露出這張笑容，使得艾莉卡隱約覺得難為情，轉過頭去。

轉頭看向的那一邊，由七草家魔法師集團保護的香澄與泉美，以緊張的眼神看著宅邸。

身體緊繃成那樣能夠好好行動嗎？艾莉卡有這種感覺，但她立刻換個想法認為那樣很正常。

艾莉卡剛才得知，這是她們的第一場實戰。即使對付過「無力」的活動分子，也不曾對抗過對等的武裝敵人。

即使是魔法科高中的學生，高中生一般來說都不會參與實戰。剛入學就經歷槍林彈雨戰場至今的自己特異得多。

在入學沒多久就被捲入的騷動中，艾莉卡開玩笑說「我原本以為高中是更無聊的地方」。現在回想起來，那不算是開玩笑。應該說令人冒出「開什麼玩笑！」的想法。

入侵學校的武裝恐怖分子；大亞聯軍的突襲；寄生物與STARS；成為外國人黨羽的國內古式魔法師。這些不是她引發的騷動，都是被殃及的。

要說被殃及，達也應該也一樣。不過，艾莉卡忍不住心想。

發生事件，達也被殃及。

達也被殃及之後，艾莉卡自己被殃及。

厄運總是達也帶給她的。

而且，家人終於——

「艾莉卡小姐，怎麼了？」

「沒事？」

艾莉卡搖頭時，SMAT的成員擔心詢問。不同於小隊長的這名男性，也一樣是「艾莉卡親衛隊」的一分子。

「不提這個，時間快到了吧？」

「是的，再二十……十五秒。」

我不會輸給厄運。我會變強。不過，光是我變強也不行。

我也是瘟神。實際上，去年夏天就有一個人被我的事情殃及。

那個傢伙很強。所以就算被殃及也沒事。

只要變強，命運這種東西不足為懼。

要避免悲劇的發生，挫挫瘟神的威風。

若是達也會招來厄運，就讓他身邊的人變強。強到足以笑著克服厄運。

（所以侍郎……你要變強。強到即使青梅竹馬被殃及，也能笑著克服難關。）

光看侍郎就知道他恨不得立刻衝出去，卻還是拚命克制自己。艾莉卡在心中激勵這名少年。

艾莉卡覺得三矢詩奈這名少女，這一生似乎註定會過得驚濤駭浪。即使比不上達也，看起來也是同類。

要讓侍郎變強，不會輸給詩奈可能引來的厄運。

對於艾莉卡來說，鍛鍊侍郎是測試用的案例。她為了完成報復所進行的測試

——艾莉卡想給點顏色瞧瞧的對象，叫作「命運」。

◇　◇　◇

房門開鎖的聲音，引得詩奈抬起頭。

這不是她多心。

「司小姐。」

「詩奈小妹，抱歉把妳關得這麼久。」

「沒關係，那個，因為這個房間很舒服。」

「這樣啊，太好了。」

司對詩奈一笑。她的笑容毫無愧疚之意。

「現在演習進入最終階段了，所以在這個房間多待一下。出了一點差錯導致進度延宕，等到救人的角色抵達這個房間就結束了。」

「那麼，不用再換地方了吧？」

「是的。」

詩奈露出鬆一口氣的表情。司說她知會過詩奈的父母，詩奈沒懷疑她這番話，卻覺得如果拖得更晚回家會害家人擔心。

「我要回崗位，所以沒辦法送妳一程。」

「啊，好的。您辛苦了。」

「詩奈小妹才是，雖然講得有點早，不過辛苦了。」

詩奈直到最後都沒懷疑司。

◇　◇　◇

國防軍和警察，情報部和ＳＭＡＴ的戰鬥開始了。

雖說是戰鬥，但實際交手的人不多。

警察維持包圍網，讓少數菁英攻堅。

國防軍原本就沒準備太多士兵。

只是從實戰能力來看，國防軍這邊占上風。

彼此以非殺傷武器交戰，目前SMAT的淘汰者較多。

「荒風法師！」

「Panzer！」

在眾人之中，雷歐與幹比古的奮鬥引人注目。幹比古將風壓縮成大槌揮動，召喚同樣以風形成的透明式鬼衝撞拒馬，守方陣腳亂掉的時候，身披硬化魔法鎧甲的雷歐乘機衝進去。

「詩奈！妳在哪裡？」

侍郎一邊大喊，一邊像是不輸給雷歐般往前衝，被深處現身的軍方魔法師攻擊。

身穿都市迷彩服加防彈背心的士兵，以自我加速魔法使出犀利的刺拳與踢腿，同時以移動魔法發射小小的金屬球。

乒乓球大小的鋼球命中腹部，侍郎停止動作。

軍方魔法師揮出電擊棒。和市售的不同，是硬度可用為鈍器的戰鬥用電擊棒。

進逼侍郎脖子的電擊棒，被不知何時出現的艾莉卡以短刀往上架開，她就這麼以刀身側面打向士兵的臉。

不是大幅揮動，是如同抽鞭的攻擊方式。士兵的牙齒沒被打斷飛出來，但身體不是往側邊，而是往正下方倒地。

「侍郎，你太焦急了！招式變得草率了！」

「是！對不起！」

情報部那邊也認為這裡是關鍵吧，將戰力集中在通往二樓的樓梯口。

魔法實力也是高水準。組成ＳＭＡＴ的魔法師，在警察組織裡也是戰鬥力優秀的一群，但是對方的魔法力更勝一籌。

「幹比古，不覺得這些傢伙怪怪的嗎？」

「大概是用藥物暫時提升魔法力！」

實際以拳腳過招的雷歐，以及以魔法互擊的幹比古有這種感覺。對方應該使用了禁藥無誤。

「唔，別以為打得中！」

射來的子彈，艾莉卡以短刀彈開。魔法也很棘手，但是進攻到這裡，對方在數公尺距離射出的這種「子彈」，尤其令警察陷入苦戰。

子彈初速頂多是時速兩百公里。體積大，材質較輕，所以射程距離短。速度會驟減，所以也沒有貫穿能力。在極近距離中彈可能會達到骨折的程度，不過距離兩公尺的話，頂多只會瘀青與輕微燙傷吧。

問題在於「燙傷」。這種子彈在彈頭命中的瞬間會釋放高壓電流，即使隔著衣服也足以讓人類失去行動能力。

換句話說，是無線的子彈式電擊槍。國防軍與警察兩邊，都顧慮到對方同為日本當局，可能會殺害對方的攻擊手段，無論如何都會猶豫使用。在這種戰鬥中，基本上不用擔心會殺害對方的槍枝，在使用的方便度發揮壓倒性的優勢。尤其雙方陣營如果在包括魔法力的其他要素平分秋色時，光是可以毫不猶豫使用這種武器就可能決定勝負。

打破這個平衡的，是由數名自己人保護的兩名嬌小少女。

「泉美，上吧！」

「香澄，沒問題！」

聽到這個聲音，艾莉卡、雷歐與幹比古翻身向後跳離現場。

「Three……」「Two……」「One……」

「Cast！」

輪流高喊的倒數。齊聲說出的魔法發動暗號。

暴風在室內的狹小範圍肆虐。從頭頂往下吹的風壓制敵我雙方，緊接著從後方與側面吹向擠在狹小區域的軍人與警官。挨了兇猛暴風這一下能夠自己站穩的，只有連忙架設氣密魔法護壁成功的人。

「窒息亂流」。

暴露在氮氣密度明顯提高的空氣之中造成缺氧症狀，剝奪戰鬥魔法師們的行動能力。

「繼續！」

如此大喊的是香澄。「七草雙胞胎」的乘積魔法，是兩人分擔魔法式的建構以及事象干涉力的賦予，藉以發動單一魔法。香澄與泉美使用魔法的能耐完全相同，但大多由香澄負責魔法式的建構，泉美負責事象干涉力的賦予。這次也是由香澄決定要編織哪種魔法。

香澄選擇的魔法是「乾冰雹暴」。這個魔法是從「窒息亂流」發動而斥離的空氣成分當中收集二氧化碳，製造乾冰冰雹灑落的魔法。防禦氣體的氣密護盾擋不住固態的乾冰。

在這個時間點，守方國防軍已經沒有任何士兵站著。

「香澄！」

「我知道！」

在泉美催促之下發動的最後一個魔法是「氧氣密室（Oxygen Chamber）」。英文直譯是「氧氣密封艙」的這個魔法，是用來製造高濃度氧氣領域治療缺氧症的魔法。

「吉田學長、西城學長，麻煩抓住敵人！」

因為「窒息亂流」倒地的警官，回復朦朧的意識起身。

另一方面，沒獲得「氧氣密室」的恩惠依然倒地不起的國防軍士兵，由雷歐、幹比古以及湊巧位於魔法範圍外的警官依序逮捕。

「發生……什麼事？」

從半昏迷狀態回復的侍郎，蹣跚走向艾莉卡。

「唔哇，那兩個人有夠奸詐的～」

「啊？」

「沒事。」

雙胞胎收割所有好處，艾莉卡不禁發出傻眼的聲音，但她聽侍郎這麼反問就更改表情。

「不提這個，去詩奈那裡吧。」

「是！」

艾莉卡將戰鬥的善後工作交給警察，和侍郎一起前往二樓深處。

傳來詩奈氣息的房間前面站著女兵。

艾莉卡將短刀指向對方。她準備以自我加速魔法一口氣衝過去的前一刻，監視的女兵將包括ＣＡＤ的所有武器扔到腳邊，舉起雙手。

「……意思是要認輸嗎？」

艾莉卡不認為對方會回應。

「我投降。」

然而，這名女兵很乾脆地認同艾莉卡這句話。

「在下投降，因此這場演習以救人陣營的勝利作結。」

「啊？演習？」

但是女兵接下來這段話，艾莉卡與侍郎都沒能立刻理解。

女兵解鎖開門。

雖然就這麼不知道對方真正的意圖，但是侍郎在內心追上現狀之前，身體就踏入房間尋找詩奈。

侍郎環視房內。

他的視線還沒捕捉到詩奈的身影。

「侍郎？」

詩奈的聲音就先傳入他耳中。

「詩奈！」

侍郎猛然踏出腳步——停止以雙腳帶動身體前進。

他的身體沒多想就要緊抱詩奈。但他的意志阻止了。

侍郎的身體沒能完全靜止，基於慣性接近詩奈。

「侍郎你怎麼在這裡？」

詩奈睜大雙眼顯露驚愕之意，詢問停在她面前的侍郎。

「我是來救妳的！詩奈，有沒有受傷？有沒有被欺負？」

「救我？為什麼？」

詩奈打從心底詫異般再度詢問。

但是對侍郎來說，詩奈這個反應比較令他無法相信。

「難道是……洗腦？」

「那個，我真的不知道你在說什麼。我只是在協助國防軍的演習啊？」

侍郎呆呆張嘴。

「演習……」

侍郎即使如此低語，兩片嘴脣依然是分開的。

艾莉卡看向開門之後再度舉高雙手的女兵。

「可以說明是怎麼回事嗎？」

她眼神兇惡，以短刀刀尖指著女兵。

「這是對俘虜的偵訊嗎？」

女兵聲音鎮靜。

「沒錯！」

「既然這樣，請放下手中的刀。交戰法規禁止以危害身體的暗示威脅俘虜。」

「妳啊！」

艾莉卡不禁大喊，但她看到女兵的雙眼，就在咂嘴的同時放下刀。

「這樣行嗎？」

「還有，我可以放下雙手嗎？」

「……可以啦！」

女兵面不改色放下雙手，擺出「稍息」的姿勢。

「本次演習的課題是救出要人。分成救出與防衛兩個陣營，救出陣營當初的達成條件，是在今天一八〇〇之前將飾演要人的平民從這棟宅邸送到指定場所。但因為救出陣營發生事故所以修改條件，救出陣營抵達這個房間的時間點就結束本次演習。」

艾莉卡以沒握短刀的左手按著頭。

「所以說？詩奈是在飾演這個『要人』？」

「是的。我們請三矢小姐從昨天開始協助。」

「……我們不是國防軍的人耶？」

「在下知道。但這邊沒收到演習中斷的通知，所以將各位視為救人陣營的成員繼續演習。」

「～～～！」

艾莉卡抓亂自己的頭髮盡顯不耐。

「……妳可以走了。我不是國防軍的敵人，所以俘虜之類的和我無關。」

「告辭。」

女兵向艾莉卡敬禮之後，沿著走廊小跑步離開。她就這麼沒帶武器，大概是為了證明她也沒有敵意吧。

「真是的……天大的鬧劇。」

艾莉卡以鬧彆扭的語氣輕聲說。

「詩奈……剛才她們說的是真的嗎？」

侍郎以依然無法相信的語氣詢問詩奈。

「你問的是演習嗎？是真的喔。司小姐拜託我協助軍方。」

「司小姐？」

「遠山司小姐。國防軍情報部的士官長。侍郎，你沒見過她？她常來第三研啊？」

「……不認識。」

「不提這個！」

詩奈一臉「察覺重要事情」的表情，大步接近侍郎。

「為什麼妨礙軍方的演習？可能會受重傷耶？而且，雖然看剛才的氣氛感覺不會追究，但你要是因為妨礙公務被逮捕怎麼辦？」

「不會構成妨礙公務喔。」

艾莉卡從旁插嘴。

「千葉學姊……」

詩奈想起有外人在場，害羞臉紅。

「即使是國防軍，也不被容許在市區亂來。演習申請也沒獲得許可，所以會被警察逮捕的反而是那些傢伙。」

「這樣啊……可是這個道理也適用在一起鬧事的學長姊們嗎？」

「我們是警方的幫手。話說三矢學妹，原來妳知道我是誰啊？」

因為是警方的幫手，所以可以在市區使用武器……天底下沒有這種道理，但艾莉卡以毫無罪惡感的表情放話，然後不經意察覺自己和詩奈幾乎是初次見面。

「叫我的時候請不必使用稱謂。可以的話直接叫我『詩奈』，我會很高興的……千葉學姊在一年級之間很有名。」

「是喔。那麼詩奈，雖然不是為侍郎辯護，但我認為這傢伙會亂來也是在所難免。因為他認為妳被綁架了。」

「咦？」

詩奈僵住了。

經過數秒，她僵硬地轉頭看向侍郎。「真的？」她這麼問。

「沒錯！不只是千葉學姊，香澄小姐與泉美小姐也來這裡了。光井學姊與北山學姊也很擔心……事情鬧得很大。」

「怎麼這樣……可是，司小姐說已經知會過了……」

「我不會說是詩奈的錯。反正妳應該是被花言巧語說服的。」

「啊嗚……」

被暗示「容易受騙」——詩奈自己覺得被艾莉卡這麼說，發出可愛的呻吟。幸好詩奈再怎麼可愛，艾莉卡也沒有女校那種疼愛「妹妹」的「大姊姊」屬性，所以沒營造出奇妙的氣氛。

「不過妳讓大家這麼擔心，要好好道歉喔。」

「好的。千葉學姊，對不起。」

詩奈率直低頭。這麼一來，艾莉卡也兇不起來了。

「……不，我就免了。要向穗香、雫跟泉美她們道歉。」

「是，我知道了。」

「……總覺得有點難搞。」

艾莉卡輕聲說。

也不是美月那樣少根筋。詩奈過於缺乏古怪要素，艾莉卡反而難以應付。

幸好詩奈沒聽到艾莉卡的細語。

「換個話題。」

「好的。」

「詩奈，妳剛才是不是提到『情報部』？」

「是的，我聽司小姐說，她在國防軍情報部負責防諜工作。」

詩奈以「所以怎麼了？」的眼神仰望艾莉卡。

「情報部啊……並不是『所以怎樣』的問題就是了。」

或許是對情報部的偏見。艾莉卡自己也這麼想。

但她無法否定隱約嗅到可疑的味道。

【7】

對於克人來說，今天是久違不必以十師族身分工作的星期日。

上午，完成遲遲沒能好好抽空進行的魔法大學課題，午餐之後聽唱片休閒。古典的類比立體聲音響，堪稱是克人唯一的嗜好。二十一世紀末的現在，傳統唱片價值不斐，但因為在愛樂者之間有一定的需求，因此現在還是會以交響樂演奏為中心，每年重新錄製唱片。克人也是這樣的愛樂者之一。

克人沒打造講究隔音措施的音響室。他覺得隔絕所有雜音的環境不自然。比起氣派的室內音樂會，應該可以說他生性更喜歡大自然中的野外音樂會吧。

在開放式的房間，坐在偏硬的沙發上，以外觀復古卻集結最新技術徹底重現原音的立體聲音響系統，聆聽喜愛的交響樂。

老實說，即使是室內樂或獨奏都好，克人比較喜歡現場演奏，可惜他沒空學習樂器演奏，也沒空找演奏家過來。不只是他，十文字家的人為了習得並維持「以一擋百」的相應實力，幾乎無法將時間分配到其他地方。

「克人，打擾了。」

「老爸。」

從沒關的門進入房間的是克人的父親，十文字家前任當家——十文字和樹。他才四十四歲，這個年齡要退休還太早，但是十文字家的王牌魔法背負著堪稱宿命的代價，他為此不得不退休，趁著今年二月的師族會議，將當家的位子讓給克人。

「十山閣下來訪。」

「十山閣下？」

和樹稱為「十山閣下」的人，只有十山家當家——十山信夫一人。來找克人的不是司，而是司的父親。克人對此感到疑惑，關掉音響前往會客室。

◇ ◇ ◇

達也來到房總半島前端的區域。他從山路「觀看」對面山坡一棟像是監獄的設施。接下來他必須救出來的魔法師被關在那裡。

達也是在昨晚接到真夜的指令。但他今天吃完午餐才從自家出發。

他不打算盲從真夜的命令，也覺得沒這個必要。但是這次不是基於這種情緒上的原因沒立刻行動。達也同時覺得沒必要違抗真夜的指令。

出任務的時間延到現在，單純是因為不知道要去哪裡。昨晚打電話過來的時間點，真夜與四葉家都還沒查出美軍特務員被囚禁在哪裡。

達也回到花菱兵庫駕駛過來的箱型貨車。說來驚訝，這名青年也擁有大貨車駕照。他笑說自己也可以合法操作重機具，但應該不是開玩笑吧。達也認為他即使會開大型客機也不奇怪。

此處的相關情報也是兵庫提供的。他在電話中沒告知具體場所，只指定會合地點，與其說是為了避免萬一有人竊聽，應該說肯定是為了用這輛卡車載達也。

兵庫不是在駕駛座，而是下車等待達也。他看到達也點頭就迅速繞到車斗後方。箱型大車斗看起來是鋁製，其實是鈦合金與陶瓷的複合裝甲板打造的。兵庫操作手上的遙控器，後方其中一扇門就往側邊滑動，出現一個小小的出入口與梯子。

「達也大人，請進。」

在兵庫的催促之下，達也進入車斗。裡面不暗。大概是設計成在梯子放下的同時開燈吧。車斗內部就像是一間小小的研究室。

這裡準備了一輛黑色的全整流罩電動機車，衣架掛了一套像是騎士服的物體。

「這是……可動裝甲吧？」

「不愧是達也大人，一看就知道。」

兵庫一副不是很驚訝的樣子點頭。驚訝的是達也。

他反射性地使用「精靈之眼」分析裝甲的性能。

「居然將獨立魔裝大隊的可動裝甲重現到這種程度……」

「沒能完全重現。系統光是搭載連結遠距離瞄準輔助用的CAD就沒有餘力，只能放棄加入動力輔助功能。」

達也已經知道這件事，卻還是頗為驚愕。偽裝成市售騎士服的這套可動裝甲，可以連結「第三隻眼」。

「只不過，雖然犧牲部分的動力輔助功能，相對的，防禦與隱身性能比原版強化。如果是達也大人單獨行動，這邊有自信會比原版還好用。」

可動裝甲是獨立魔裝大隊研發的裝備，卻不是國防軍的專利。例如USNA軍就晚了獨立魔裝大隊三個月，研發出性能和可動裝甲同等的飛行裝甲服，命名為「推進裝甲」。

不過，四葉家肯定是第一個在民間研發飛行裝甲服的組織。飛行魔法原本就是由四葉家旗下的FLT研發，即使撇開這一點，四葉家的技術力也值得驚嘆。

「此外，這輛機車搭載了和這套飛行裝甲同步的機能。」

「意思是說，可以連同機車一起飛？」

「正是如此。」

達也以「眼」朝向機車。機車的造型註定無法保護騎士防禦側面或後方的攻擊，但達也知道這輛機車對於來自前方的攻擊擁有裝甲車等級的防禦力。機車本身包括輪胎在內也打造得極度堅固。雖然偽裝成市售車，但是怎麼看都是軍用車。

「達也大人，這套裝甲還沒有名字。方便請達也大人命名嗎？」

「不，容我拒絕。」

即使身處於近似感動的驚訝之中，達也也沒礙於情面答應。要是名字取得不好，丟臉的是穿這套裝甲的達也。

這套裝甲是達也用的，這種事也不必重新詢問。四葉家肯定預測到達也和獨立魔裝大隊之間會產生裂痕，也已經計算到達也將來無法自由使用可動裝甲吧。

達也的弱點在於防禦力不足。即使擁有近乎不死之身的再生能力，戰鬥時也不一定能夠立刻使用「重組」，某些時候必須優先殲滅敵人。性能強大的防禦服，是達也發揮十成功力不可或缺的裝備。

這套裝甲服和可動裝甲不同，穿著上街也不突兀。即使戴上頭盔，頂多也只會被當成有點粗獷的騎士服吧。只要加穿一件外套，這份突兀感也肯定會幾乎消失。這套飛行裝甲服真的像是為達也設計的。事實上也是如此吧。

「那麼為求方便，請容屬下依照研發時暫定的名稱『Freed Suit』命名為『解放裝甲』。若您想到什麼好名字，請務必提供給屬下。」

對於達也個人來說，「解放裝甲」這個名字就夠了。也就是「從束縛中解放（Freed）的裝甲」。不是叫作「Free Suit」感覺怪怪的，但應該只是順不順口的問題吧。

然而要是計較命名，肯定只會因為無謂的問答而浪費時間。如此心想的達也不再多說。名字隨便取就好。因為這套裝甲肯定有用。

達也只說一句「容我抱持謝意使用吧」，開始換穿解放裝甲。

和裝甲服不同，黑色機車已經取名。叫作「無翼」。意思是沒有翅膀，進一步來說就是沒有翅膀也能飛。達也覺得這名字挺詼諧的。

達也跨上「無翼」，前往收容特務員的監獄。這次的任務由達也獨力挑戰。兵庫只在剛才的據點待命以防萬一，獲釋的特務員預定要搶收容所的車輛逃走。

即使沒有支援成員，達也也沒有不安。他的戰鬥風格原本就適合單人作戰。沒有提供支援的己方，相對的，也沒有必須保護的友軍，只要顧好自己就好。他在這個條件之下，可以完全發揮自己的戰鬥力。

為了避免無謂生事，達也依照法定速度騎車，但還是很快就看見目標建築物。達也像是要測

◇　◇　◇

遠山司從輕井澤的西式宅邸移動到房總半島的祕密收容所，不是因為想將俘虜的美軍魔法師利用在什麼地方，單純是用來逃離該處的藉口。只是在詩奈或不知情的同僚質詢各種事情之前躲起來罷了。

不適用於洗腦的俘虜，在司眼中是沒有價值的「物品」。繼續耐心施打藥物，或許會變得可以利用，但魔法技能很可能在這之前就受損，人格也難免遭到破壞。她不會沒人性到明明沒有迫切的用途卻還把俘虜一個個毀掉。至少她自己這麼認為。

抓到的特務員應該會處分掉吧。司覺得他們既然潛入他國進行非法任務，應該也有所覺悟。釋放是不予考慮的選項。生還者會揭露日軍以化學洗腦措施將俘虜改造為傀儡利用的祕密。先不提處刑，要是他們作證日軍進行人體實驗，這邊很可能會在各方面陷入艱困立場。

若她一個人獻上頭顱就能了事還好，一定要避免國防軍甚至日本受害。因為有日本才造就十山家，有十山家才造就「遠山司」。

雖然不是「小人閒居為不善」，不過只要閒著沒事就會胡思亂想，這是常見的傾向。尤其是平常愈忙的人，這種傾向就愈是明顯。

「……也對。反正要處分，那麼愈快愈好。」

司在獨處的房間如此低語。這個房間是「看守」的待命室，不過職員正在自己的崗位值勤。監禁特務員的房間是完整的氣密構造。只要從空調釋入致命藥物，就會立刻變成毒氣室。她起身準備向典獄長提出這個建議。

就在這個時候，警報響了。

「發生什麼事？」

司的自由自語，由跑進來的士兵回答。

「遠山士官長，有人入侵！請您出動！」

衝進來的士官階級是中士。司確認對方階級較低之後，向他詢問狀況。

「入侵者的陣容是？警備兵力沒辦法應付嗎？」

「確認的入侵者只有一人，卻是強力的魔法師！光靠警備兵力無法阻止！」

難道是……這個念頭掠過司的腦海。但她立刻否定自己的「妄想」。

四葉家襲擊這間收容所，肯定沒有任何好處。

「知道了。我的裝備在哪裡？」

「在下拿來了。」

司戴上中士遞出的裝備。附有情報終端功能的單邊墨鏡，以及附收音裝置的單耳耳罩。

墨鏡顯示入侵者的座標，以及前去迎擊的士兵情報。

己方士兵位於正常的射程範圍內。

「開始支援。」

司說完發動十山家的魔法。

◇◇◇

達也以最初找到的警衛室終端裝置，查出監禁特務員的場所，然後以「分解」破壞空調系統以防萬一。

（居然將俘虜關在毒氣室，這裡不是什麼好地方。）

也因為一開始就沒什麼好印象，所以他認定這裡是非法實驗設施。

（看來不必特別顧慮什麼。）

達也在心中低語。只不過周圍沒有人煙，加上設施處於頗為偏遠的山區，所以他打從一開始就沒顧慮什麼。

ＣＡＤ的「槍口」指向擋路的衛兵。達也穿的裝甲服預先內建完全思考操作型ＣＡＤ，但他在這次的戰鬥使用習慣的手槍造型ＣＡＤ。

特化型ＣＡＤ銀鏃改造版「三尖戟」，瞬間就輸出啟動式。

以更短剎那發動的「分解」，射穿迎擊的士兵。

沒有殺掉。但是四肢根部被貫穿開洞，倒地的士兵別說再度站立，甚至爬都爬不動吧。只不過在這之前，他們就因為漂白意識的劇痛而昏迷。

新的敵人出現。

達也機械式地準備攻擊。

從走廊轉角出現的士兵身上有反魔法護壁，不過只差在護壁強度，和至今的士兵相同。達也打算在分解魔法護壁之後，立刻「分解」士兵的身體組織。

然而。

他一分解護壁，護壁就立刻再度建構。

士兵以高威力步槍反擊。

達也連忙切換魔法分解子彈，以裝甲服的能力高速移動，逃離射線。

走廊沒有藏身用的遮蔽物。

達也分解部分天花板，跳到洞裡。

三人一組的士兵跑過來。

達也就這麼蹲在洞裡，發動「術式解散」。

三名士兵的反魔法護壁消失。

魔法護壁立刻重新建構。

下一瞬間，護壁消失。

護壁再度建構完成之前，達也的分解魔法就在士兵身上打洞。

破壞六層護壁，在每人身上打四個洞。合計十八次的事象改寫，現今對達也來說易如反掌。

不提這個，問題在於魔法護壁會重新建構。

（不是「連壁方陣」。）

說到連續架設魔法護壁，十文字家的「連壁方陣」為人所知。

然而現在的魔法不是「連壁方陣」。

達也親眼看過克人的「連壁方陣」，因此可以斷定。現在的護壁魔法是非常類似十文字家魔法的另一種術式。

（可能是在第十研開發的魔法。）

達也從沒貫穿的天花板洞穴跳下來，再度在走廊奔跑。

（在第十研「開發」的魔法師。這次的事件和十山家有關？）

剛才的魔法，和前天襲擊時在禮儀學校看見的魔法一樣。

那場襲擊的背後也是十山家操控的嗎？

（雖然姨母大人要求別惹他們……但若對方危害到深雪就另當別論。）

進入設施愈深處，遭遇警備兵的頻率也愈高。

出現的士兵身上都有那種魔法護壁，卻已經無法阻止達也前進。

（確實是棘手的魔法，不過我很適合應付。）

達也冷靜評價敵方魔法，同時終於進入監獄所在的區域。

◇　◇　◇

（我的魔法……十山家的魔法不管用？）

司一邊支援迎擊，一邊在內心哀號。

十山家的魔法是同時複數投射個人用的魔法護壁。以保護對象的肉體為起點，在周圍建構魔法護壁的術式。

由於預先登錄魔法目標對象，所以不必直接視認，也不必再度設定座標。只要術士的魔法容納力允許，就可以無視於人數與次數，讓己方穿上魔法鎧甲。

原本是用來支援要人逃亡的術式。是在國家中樞也被敵人攻入時，於槍林彈雨或爆炸之中保十山家是中央政府的最終防壁。相較於首都最終防壁的十文字家，強調「中央政府」就是這個原因。所謂的「政府」不是建築物，是施政者。只要能協助站在指揮系統頂點的人逃走，就可以迅速反擊。十山家就是基於這個想法開發出來的魔法師。

十山家該保護的對象只有政府要人。市民不在對象範圍之內。因為擁有這般特質，所以十山家不被允許站上舞台。十山家在二十八家榜上有名卻絕對不會成為十師族，就是基於這個原因。

這種魔法是以「拋棄市民自行逃走的手段」這種消極的動機開發，卻不是不會用在「阻止敵兵」這種積極的目的。以己方的識別訊號為目標發動魔法，就能讓士兵身披勝過己身魔法技能的強力防壁專心攻擊。即使不是魔法師，也能賦予魔法護壁的恩惠。

司使用的頭戴式裝備，就是用來這麼做的道具。

研發這項技術的是國防軍情報部。

這項技術讓十山家得以撕下「只用來逃走的魔法師」這張標籤。

十山家也想積極為國家有所貢獻。

以他人為起點發動魔法。基於這個性質，所以會將複數他人和自己視為相同個體，自我立場的界線變得模糊。十山家的人背負這種先天的缺陷。不對，是被植入的。

即使如此，還是想對自己所屬的組織有所貢獻。不，或許正因為「自我」模糊不清，所以想為集團奉獻的慾望變得強烈。

為了實現這個願望而和國防軍情報部交涉的結果，就是姓「遠山」的魔法師。現在是第二代的「遠山」，成為情報部不可或缺的存在。

對他國進行特殊破壞任務的時候，特務班大多包含魔法師。因為在個人能運用的戰力中，魔法具備反常的威力。阻止破壞任務的防諜單位，必然被要求具備對抗魔法的能力。

十山家的魔法能讓魔法師以外的人也接受魔法護壁的恩惠，因此在防諜單位獲得重要地位。司的魔法受到防衛據點的士兵們仰賴。要是知道她的魔法不管用，士氣會大幅衰退吧。防衛態勢或許會由此瓦解。

所以司不能將不安顯露在表情上。

因為先天上的缺陷，感受不安的心理功能也低落。多虧如此，維持撲克臉不必花太多力氣。

然而和她的演技無關。

此處即將面臨「無法阻止這名敵人」的結果。

◇　◇　◇

囚禁美軍特務員的監獄，位於螺旋狀走廊中間的區域。

如果是不同棟，應該可以更快從外部入侵吧。簡直是在建築物裡建造中庭，然後在這座中庭建造監獄。這種構造逼得達也必須一邊對付警備兵一邊入侵。

不過既然來這裡，就不必老實沿著走廊前進了。

達也以三尖戟瞄準內側牆壁。

分解魔法射穿走廊的牆壁。

下一瞬間，監獄牆壁悉數開出能讓人通行的洞。

三尖戟瞄準天花板。

挖穿的天花板落在警備兵頭上。

達也「看見」反魔法護壁緊急切換成反物資護壁。

這麼一來應該沒人死傷吧。不過要從那堆瓦礫底下爬出來，或許得花費一番工夫。

這樣對達也來說比較方便行事。

他跑向監獄。已經失去監禁功能卻依然沒人逃離，代表他們或許處於出不來的狀態。

達也的擔心成真，不過距離最壞的狀況還差得遠。俘虜只是被施打藥物麻痺。如果是以外科方式剝奪手腳，要扛出去將會是一份苦差事。

達也以「眼」看向侵蝕俘虜身體的藥物。

幸好都是同一種藥物。

這麼一來，「一次」就能處理完畢。

達也瞄準該藥物的「概念」，發動分解魔法。

對應該概念的藥物，被分解為元素層級。

雖然包含對人體有害的元素，不過當前的麻痺解除了。

他朝著一旁劇烈咳嗽，想吐最後卻吐不出來的女性搭話。

「站得起來嗎？如果站得起來，麻煩叫一下同伴。要逃離了。」

「我……沒事……這個聲音是，司波達也？」

達也在頭盔底下蹙眉。這套裝甲服沒有變聲功能，但是頭盔是霧面面罩。

「你認識我？」

光聽聲音就認出來，只可能是從以前就認識他。

「我……咳咳，我是USNA參謀總部直屬魔法師部隊STARS的希兒薇雅・瑪袞利准尉。去年以莉娜副官的身分暫時滯留於日本。」

「莉娜的副官啊，原來如此。」

達也不認為這是謊言。執行非法特務的軍人，應該不會這麼輕易表明身分。但她們肯定知道自己USNA軍人的身分已經曝光。獄方會以藥物麻痺監禁的俘虜，偵訊時不可能沒使用藥物。

而且既然是莉娜那邊的特務員，憑著剛才的三言兩語就認出達也的聲音，也可以理解。

「我受命協助妳們逃離。可以的話，希望妳們自己走。」
「可以。我叫一下同伴。」
大概是嘔吐感稍微減輕，希兒薇雅沒咳嗽，以穩定的口吻回應。

達也帶頭逃離這棟收容所。
沒人從背後開槍。看來美軍特務員終究沒人這麼愚蠢。
擋路的士兵似乎快要用盡，妨礙逃離的攻擊變得零散。
發現運送兵員用的卡車之後跑過去。大概是受過良好的鍛鍊，所有人已經回復到可以跑步。
達也在卡車的導航裝置，輸入花菱兵庫所在位置的地號。
「我的同伴在導航終點待命。照他的指示去做肯定能逃離。」
希兒薇雅稍微猶豫之後點頭。
「……我不問理由。我們原本被處刑也逼不得已，謝謝您出手搭救。」
希兒薇雅向達也敬禮。
達也也回以陸軍式的敬禮。
目送載著希兒薇雅等人的卡車離開之後，達也回到收容所。

就這麼逃離應該也沒問題吧。

光靠身穿裝甲服，頭戴霧面頭盔的影像，無法鎖定襲擊者的身分。達也在監獄和希兒薇雅說話的時候，已經先毀掉包括隱藏收音器在內的監視裝置。

而且，以警衛室終端裝置調查收容所內部構造的時候，已經取得此處進行的人體實驗記錄以備不時之需。雖然不是實際的實驗資料，卻是實驗用屍體的銷毀記錄。即使自己是襲擊者的身分曝光，這份記錄也足以當成交易材料。

他之所以回到收容所，是為了事先消除對自己不利的記錄，免得之後多費工夫處理。也是為了進行非必要但做了比較好的善後工作，並且將某件「私事」做個了結。

三尖戟瞄準建築物的頂樓。

分解魔法消除了指揮司令室的屋頂。

達也使用裝甲服的飛行功能，從上方入侵司令室。

天花板忽然消失的司令室內，收容所的負責人與成員等待他的到來。

——全部舉高雙手。

「我們投降。我們無法對抗你的戰鬥力。」

達也點了點頭，以魔法合成的聲音回應。

這是以「閃憶演算」重現希兒薇雅的拿手魔法。雖然干涉力較弱，無法精密控制到在對方耳中重現聲音，但如果是振動臉部前方空氣取代隔著頭盔的對話，即使達也也做得到。

『容我刪除監視系統的所有資料。』

為求謹慎，連語氣都變更之後「製作」出來的這句話，負責人立刻回應「好的」。

達也朝旁邊的終端裝置伸手。沒有多費工夫刻意偽裝操作過程。電磁儲存裝置全部以魔法分解。

不經意轉頭一看，管制員以畏懼的眼神看著他。

達也沒特別做出反應，視線移向上尉負責人。

『十山家的魔法師在哪裡？』

「……遠山士官長在隔壁房間。」

上尉猶豫了一下，卻立刻想起自己的立場無法拒絕，以透露懊悔的語氣回答。

對於達也來說，他的心境一點都不重要。

『不可以追我。』

達也如此告知之後，結束語音合成的魔法。

他往上飛，從上方看向隔壁房間。

正如預料，那裡已經沒有任何人。

從上空清楚看得見沿著建築物外圍逃跑的人影。

人影的目的地，是達也剛才目送希兒薇雅她們的停車場。

達也降落在地面，擋住司的去路。

「是四葉家的司波達也閣下吧？」

司突然說中他的名字。

達也以魔法回答。

他沒架起三尖戟，就拆除司的魔法護壁。

達也舉起右手。

三尖戟瞄準司。

在這段期間，也反覆進行著魔法護壁的建構與破壞。

司像是精疲力盡般，雙腳跪地。

破壞的速度完全超過建構的速度。

達也即將扣下扳機。

「住手！」

不知道是這聲大喊先傳來，還是司周圍的反魔法護壁先出現。

建構速度以及護壁強度，都比司高明數段。

達也的分解魔法破壞護壁，但護壁幾乎同一時間再度建構。

這樣的過程重複許多次。

然而長達數十次的這波攻防，其實時間不到三秒，是某人從天而降的這段期間發生的事。

「不可以殺害這名女性。」

從上空直升機跳下來的是克人。

達也依然以三尖戟對準司。

克人擋在他面前。

「我不知道緣由。不過，退下吧。」

克人的嘴唇說著「司波」。但他沒發出聲音。

達也放下三尖戟。

「只要你直接離開，我就不會攻擊。我保證。」

達也默默點頭，背對克人。

他甚至沒有提防克人攻擊的舉動，發動飛行魔法前往停放「無翼」的場所。

不久之後，克人目送騎士騎著黑色機車劃過天際離去。

襲擊非法收容所的一週後。

司來到克人家。

「克人先生，抱歉在百忙之中打擾您。」

克人出現在會客室的同時，司起身深深鞠躬。

「前幾天真的感謝您的協助。」

「不，您已經十分多禮了。」

所以不必再低頭道謝了。這是克人的言外之意。

理解這一點的司抬起頭。

「請坐。」

司依照克人所說，回到沙發。

「身體無恙了嗎？」

「託您的福，完全康復了。」

和達也的那場戰鬥，對司的魔法演算領域造成過度負荷。雖然也擔心造成嚴重的後遺症，幸好休養約一週之後復元了。

「聽聞上週您前來相助，是家父拜託的。」

「不，令尊只是告知有魔法師私鬥。前去阻止是十師族的義務，您不必在意。」

其實是同為第十研出身的魔法師基於道義相助，但克人硬是以這個表面藉口帶過。

「『私鬥』是吧……」

司微微露出苦笑。只看收容所襲擊事件是單方面遇襲，但如果包含司先前的設局就確實是私鬥。克人肯定連這個部分都聽父親說了。

「那個襲擊者果然是……」

「司小姐。」

是四葉家的司波達也先生嗎？司還沒說完這句話，克人就強硬打斷。

「不能繼續問下去。您也不能提到這件事。可以吧？」

「……我這次是在九死一生的絕境獲救的立場，所以一切按照您的吩咐。」

司回答得話中有話。但克人沒有無謂追究。

「──方便我只說一件無關的事情就好嗎？」

經過短暫的沉默，司老樣子以不帶情感的笑容問。

「什麼事？」

克人一如往常面不改色，催促她說下去。

「看過上次的戰鬥，我就確信了。克人先生，您贏得了他。」

不過即使是克人，聽到這番話也不得不變了臉色。

◇　◇　◇

吃完午餐，即將來到下午茶的時間。深雪坐在書桌前面唸書準備大學考試。

憑她的魔法力，不會在入學測驗落榜。和各魔法科高中分配到的推薦名額無關，魔法大學肯定會主動拜託她就讀。

但深雪打算好好接受測驗考上大學。不只是魔法學科，在普通學科也想拿到不丟臉的成績。她認為這樣才是匹配得上達也的未婚妻。

就在她心想「差不多喝杯茶吧」抬頭的這時候，視訊電話響了。她的手還沒碰到接聽按鍵，來電鈴聲就停了。大概是客廳的水波接了電話。

是誰呢？深雪思考時，響起電話轉接的鈴聲。

「水波，是哪位？」

轉接的時候不會刻意顯示面容。不過光聽聲音就知道水波在困惑。

『是的，是國際電話。對方自稱是莉娜小姐。』

「……幫我接通。」

深雪在回應之前，忍不住倒抽一口氣。「莉娜」這個名字就是如此震撼深雪。

視訊電話的畫面接通影像。映在螢幕上的是和深雪同等又成為對比的燦爛美貌。

『嗨，深雪，過得好嗎？』

「莉娜，我才要說妳看起來一點都沒變。不過怎麼了？妳那邊不是深夜嗎？」

『嗯，快要晚上十一點了……要在這種時間才能打電話……因為這通電話是長官特別瞞著總部准我打的。』

「這樣啊……所以呢？請問有什麼事？」

深雪也很清楚這通電話是特別的。莉娜看起來不方便說出用意，為了讓她易於開口，深雪使用親切的語氣詢問——遣詞用句就暫且不提。

『那個……達也在嗎？』

「哥哥？」

大概是面對平常沒來往的人比較不拘束，深雪不小心稱呼達也「哥哥」。

「哥哥出門了……找哥哥有事嗎？」

這不是謊言。達也正在前往ＦＬＴ開發第三課。

『那麼，深雪可以幫我傳話給達也嗎？』

「好的……不過，要傳什麼話？」

此時，畫面上的莉娜端正姿勢。

『這次真的謝謝你。託你的福，我免於失去重要的部下與重要的朋友。』

深雪立刻想到莉娜在說什麼。她聽達也說過上週的事件，也猜到莉娜說的「朋友」是誰。

深雪也想像得到，莉娜身為STARS總隊長「天狼星」，要打電話給日本魔法師，而且是已經確認為四葉家下任當家的她，是多麼困難的事。

即使如此，莉娜還是克服困難，堅守道義為達也付出的勞力道謝，這份心意令深雪好開心。

「莉娜，抬起頭吧。我會確實轉達給哥哥。」

『——謝謝。麻煩妳了，深雪。』

深雪與莉娜隔著鏡頭相互注視。

『……差不多該掛斷了。其實我想當面向達也道謝。』

「以妳的立場，應該沒辦法如願吧。」

『嘻嘻，說得也是。』

深雪刻意半開玩笑地回應，莉娜也回以輕聲一笑。

「——不過，期待再見到妳的那一天。」

『——深雪，我也是。See you again。』

「好的，改天見。」

直到畫面變黑，深雪與莉娜都是眼睛眨也不眨地注視著彼此。

〔〈動亂的序章篇〉完〕

後記

系列第二十二集《動亂的序章篇〈下〉》，各位覺得如何？看得愉快嗎？

上一集主要描寫逐漸詭譎的世界情勢，這一集的主題則是主角身邊狀況的變化。劇情架構的平衡這麼差，大概是因為預定一集完結的故事情節分割成上下兩集吧。不過這是我自作自受。

二十一集賣關子的結尾不是接續在這本二十二集，而是下一本的二十三集。而且狀況將會更加大幅動盪。預定二十一集之後不是以〈╳╳篇〉區分的獨立內容，而是較為連貫的劇情。

在這本二十二集感覺搶走男女主角寶座的侍郎與詩奈這對一年級新生搭檔，在二十三集之後會穩定回到普通配角的位子。感覺有點可惜就是了。

詩奈&侍郎和黑羽雙胞胎同樣是最適合成為外傳主角的題材，但要是由我親自著手將會忙不過來。之所以有這種感覺，大概是因為沒將角色發揮殆盡吧。真是奢侈的煩惱。

說到沒發揮殆盡，本系列在構思階段有兩大主題。第一個主題是魔法這種能力的擁有者與未擁有者的對立。這是現在的劇情主線。

另一個主題，是以魔法為基本技術的超古代文明遺產相關的爭奪戰。就像是菊地秀行老師的《ALIEN 祕寶傳》，或是高樹宙與皆川亮二兩位老師的《轟天高校生》這種內容。但我的構思不是和這兩部作品一樣以正統靈異為題材，是虛構各種遺產與遺跡的故事。本系列經常登場的「晶陽石」以及「聖遺物」就是這方面的遺痕。

本系列也已經進入看得見終點的階段，所以說來遺憾，無法從現在加入超古代文明的題材。如果有公開的機會，應該會成為達也與深雪畢業之後的故事吧。不過目前還沒有這項計畫。

那麼，關於下一本作品，預定會暫停其他系列，繼續出版本系列。副標題目前預定是〈孤立篇〉。

下一集《魔法科高中的劣等生》二十三集，也請各位多多指教。

（佐島 勤）

Kadokawa Light Novels

記錄的地平線外傳

Kadokawa Fantastic Novels

作者：山本ヤマネ　插畫：平沢下戸

克拉斯提原本的得力部下，
「突擊巫女」櫛八玉大顯身手！

〈大災難〉將玩家封鎖在遊戲世界之後，來不及從遊戲退休的90級「突擊巫女」櫛八玉、櫛八玉的好友「麻煩妹」八枝櫻、八枝櫻的男友勇太、不良少年達魯塔斯等個性迥異的「初學者集團」，將以秋葉原為目的地，展開一場摸索與奮鬥的大冒險！

台灣角川

NT$250/HK$75

©KOUGYOKU IDUKI 2010

Kadokawa Light Novels

毒吐姫與星之石

Kadokawa Fantastic Novels

作者：紅玉いづき　插畫：磯野宏夫

第13屆電擊小說大賞〈大賞〉
得獎作品《角鴞與夜之王》續集！

卜筮之國維恩有一位生來口吐惡毒詛咒的公主生活在陋巷裡，星之神的旨意強迫她嫁到鄰國。被占卜師奪去了她唯一的武器「聲音」，懷抱星之石，絕望的少女前往夜之森附近的聖劍之國列德亞克。迎接她的是受到夜之王祝福，擁有異形手腳的王子。

NT$180/HK$50

台灣角川

Kadokawa Light Novels

MAMA

Kadokawa Fantastic Novels

作者：紅玉いづき　插畫：カラス

「愛」這個字，我既不喜歡，也不相信。
但是，除此之外我什麼都沒有……

少女托托是魔法家系「薩爾瓦多」的後代子孫，卻不具備魔法的才能。某天，她在神殿書庫發現被封印數百年的「食人魔物」。托托接受了魔物的提議，將他從封印中解放出來……這是關於孤獨的「食人魔物」和成為他母親的少女間、飄渺扭曲的愛的故事。

NT$180/HK$50

台湾角川

國家圖書館出版品預行編目(CIP)資料

魔法科高中的劣等生. 21-22, 動亂的序章篇 / 佐島勤作 ; 哈泥蛙譯. -- 初版. -- 臺北市 : 臺灣角川, 2017.11-2018.01

冊 ;　公分

譯自 : 魔法科高校の劣等生. 21-22, 動乱の序章編

ISBN 978-986-473-973-8(上冊 : 平裝). --
ISBN 978-957-564-007-1(下冊 : 平裝)

861.57　　　　106016688

Kadokawa
Fantastic
Novels

魔法科高中的劣等生 22
動亂的序章篇〈下〉

（原著名：魔法科高校の劣等生22 動乱の序章編〈下〉）

2018年2月1日 初版第1刷發行
2023年9月22日 初版第4刷發行

作　者：佐島 勤
插　畫：石田可奈
日版設計：BEE-PEE
譯　者：哈泥蛙

發行人：岩崎剛人
總編輯：蔡佩芬
編　輯：黎夢萍
美術設計：黃永漢
印　務：李明修（主任）、張加恩（主任）、張凱棋

發行所：台灣角川股份有限公司
地　址：104台北市中山區松江路223號3樓
電　話：（02）2515-3000
傳　真：（02）2515-0033
網　址：www.kadokawa.com.tw
劃撥帳戶：台灣角川股份有限公司
劃撥帳號：19487412
法律顧問：有澤法律事務所
製　版：巨茂科技印刷有限公司
ISBN：978-957-564-007-1